異世界に落とされた…
Dropped into another world
浄化は基本！4
ほのぼのる500
ILLUST イシバシヨウスケ

JN062351

TOブックス

目次

contents

イラスト　イシバショウスケ
デザイン　萩原栄一（big body）

天王（てんのう） 翔（あきら）

勇者召喚によって誤って異世界へと飛ばされた三十路（みそじ）の掃除屋。
動物思いの優しさから「浄化」の能力で魔物たちを救い、知らないうちに森の救世主に。尚、彼らが伝説級の魔物であることは気づいていない。深いことは考えない超ポジティブ人間である。

another world

コア(♀)

翔にオオカミと勘違いされている「フェンリル」の長。
年長者らしい古風な言葉遣いで姉御肌。少々頭が固めで心配性。

チャイ(♂)

翔に犬と勘違いされている「ダイアウルフ」。
狩りが得意で活発。コアが好きだが、押しが弱い。尻にしかれ気味の若者。

カレン(♀)

翔に鳥と勘違いされている「フェニックス」。
小鳥から急成長を遂げた。翔からもらった魔石を大切に持っている。

アイ(♂)

翔に唯一犬と正しく認識されている「ガルム」のリーダー。

上下関係を重んじ、謙虚で気配りができる。だが、ご飯の争奪戦では狩猟本能が目覚める。

ゴーレム(?)

翔にお手伝いロボットと勘違いされている「ゴーレム」。

一目見ただけで何でもこなす万能ぶりで、仕事ごとに違った形の同族がいる。

親玉さん(♀)

翔に蜘蛛だと勘違いされている「チュエアレニエ」。

死の番人と呼ばれる強者で、シュリのライバル。たくさんの子蜘蛛を持つ肝っ玉母さん。

D r o p p e d i n t o

シュリ(♀)

翔にアリだと勘違いされている「アンフェールフールミ」。

地獄の番人と呼ばれる強者で親玉さんのライバル。たくさんの子アリを持つ放任主義の母さん。

ふわふわ(?)

不思議な「毛玉」の生き物。実は「水龍」。

遊び盛りで翔とよく水遊びをしている。一番のお友達は「飛びトカゲ」。

アメーバ(?)

翔にアメーバと勘違いされている「精霊」。

氷、土、火、風など様々な属性がいる。いたる所に生息している。

190. リフレッシュ？……ここどこ？

「う～ん、まったく何もする気がしない」

この頃、朝になると新しい力が体に熱を発生させる。理由が分からないため、対処のしようがない。熱だけなので問題ないといえばないのだが、違和感があって目が覚めてしまう。まぁ、自分で起きられるようになったので、いいことなのだが。そんなわけで、今日も朝早くから目が覚めてしまった。そして思わず出た言葉があれだ。なぜだか起き上がる気さえしない。はぁ、そんな甘えが許されるような環境では……ないはずだ。なので頑張って起きてみた。ただ、やはりやる気が起きないし次の行動を起こそうという気がしない。

「なぜだ？」

まだ、三馬鹿の後片付けは残っている。それを早めに片付けなければならないのはわかっている。だが、骨の山の呪詛(じゅそ)に天使の若返りに洞窟(どうくつ)の崩壊。ちょっと心が疲れてしまったのか。……違うな。正確に言うと怒りが湧いてくるのだ。三馬鹿だけではなく、見逃していた神様連中にもだ。とはいえ、ぶつける相手がいないため心の中で溜まっていく。これが精神を疲弊(ひへい)させる。で、気力がなくなるって感じか……自己分析終了～……。

「意味があるような、ないような……」

う～、そうだ！　まったく違うことをして気持ちを切り替えよう。無駄な怒りに時間を割くのももったいない。さて何をしようかな？　まったく関係ないことといっても、意味のないことをするのは嫌だ。とにかく起きないとな。よしっ。少しやる気が出た。着替えて、一階に下りると、元気な声が聞こえた。

「「おはよう」」

ウサとクウヒは今日も可愛いな。見ていると元気がもらえる。……いまのおじさん臭くなかったか？　俺ってそんな年だっけ？　早くないか？　いや、まだセーフだ。たぶん。

「「？」」

「あっ、おはよう」

しまった。無視をするようなことになってしまった。慌てて挨拶すると二人が嬉しそうな表情になる。

「あっ、そうだ！　獣人達を見に行こう。あと動物の確認もしたかったんだった」

気分も紛れるだろうし、役に立つことだし無駄じゃない。うん。そうしよう。

「「？？」」

ん？　ウサとクウヒが不思議なものを見る目で俺を見ているがなぜだろう？　あっ、朝の挨拶のすぐ後に意味の分からないことを言えば、こうなるか。

「ははっ。今日の予定を決めていたんだ」

よかった。納得してくれたみたいだ。いい子達だな～。

一つ目達の作る朝食は美味い。そして卵と牛乳がないこと以外は、まるでホテルの朝食のように見事な見た目。焼き立てパンに、サラダに果物のフレッシュジュース、それに焼いたベーコン。数日前に、ベーコンらしきものが出された時には驚いた。どうやって作ったのか、一つ目達の作業場を見せてもらった。なぜか、燻製器があった。どうやってその知識を得たのか、疑問だ。本当に疑問だ。

朝食後、休憩がてら天使達の様子を見る。相変わらず楽しそうに攻撃しているな。この魔物の石って、どれくらいで砕けたりするのだろう？　ちょっと心配だな。夜にでも新しい魔物の石に魔力を溜めて、一つ目達に渡しておこう。天使達の上で砕けたら大変だからな。

「それにしても、歩かないな」

天使達は一歳、もしくは二歳ぐらいだと予想している。二歳の天使は歩いてもいいはずなのだが、寝てばかりいる。摑まり立ちをしたところを、見たこともない。一つ目達に、抱っこやおんぶはされているのだが。どうなっているんだ？　大丈夫なのか心配だ。そもそも、天使と人って同じように育つのか？　それにこの天使達、もとは大人の天使が若返った子達だし……通常とは違うのかもしれないな。天使達の頭を撫でると、少し気持ちよさそうな表情を見せる。そういえば、俺が触ろうとすると遊ぶのをやめるな。こちらの状況を理解しているのだろうか？　さすが天使ということか？

さて、そろそろ行くか。コアとチャイはどこだろう？　龍達を連れていくと驚かれるからな、今日は二人だけにしよう。あっ、まただ。最近どうもこの二匹を、二人って言ってしまうんだよな。

まぁコアは俺がこの世界に来て、初めて出会ったやつだからな。一番親しみがあるかもしれない。チャイはそのコアの旦那だしな。まぁ、二人でも二匹でも俺的には変わらないからいいか。

リビングからウッドデッキに出ると気持ちのいい風が吹いている。そろそろあの凶悪な夏になるな。今年は雪山で遊ぼう。

「コア、チャイ。こっちおいで～」

俺が呼ぶと、広場で子供達とじゃれ合っていたようだが、すぐに俺のところにきてくれた。魔法がどれほど飛び交っていても、あれはじゃれ合いだ。俺がコアを呼ぶと、子供達の表情が嬉しそうに見えたが、じゃれ合いが激しかったのだろうか？　何だろう、すごく尊敬の眼差しを、俺に向けてくる。……そんなに、じゃれ合いはきついのか？　傍にきたコアが、ちらりと子供達に視線をやってから俺を見る。なぜか子供達が、びくりと震えたんだが……気のせいか？

「悪いな。森を出て周りの国を見たいんだ。俺を連れていってくれないか？」

コアの背中をポンと軽く叩いて、自分を指さす。これは乗せての意味になっている。次に空に指を向ける。これは乗せて移動してほしいことを伝えるジェスチャーだ。何度も繰り返して、覚えてもらった。

コアは俺の肩にスリッと鼻を擦りつける。ＯＫの合図だ。チャイも「グルル」と喉を鳴らした。一緒に行ってくれるらしい。というか、この二人でなくて二匹。いつも一緒に行動している。夫婦仲がいいのは、いいことだ。コアの子供達が数匹、一緒に行く様子を見せる。俺と二匹だけで行こうと思っていたが。コアとチャイだけを指さして首を振る。そのジェスチャーに

「ク～ン」と鼻を鳴らす子供達。……別に増えても問題ないか。よし、一緒に行こう！

「行こうか！」

俺の言葉に「グルル」と四匹の子供達が鳴いた。コアに跨がって首に腕を回すと、すっと空に向けて駆け上がる。体がふわっと浮く感覚にコアの首に回した腕に少しだけ力が入る。

「この浮く感じ、独特の感覚だよなぁ」

空中で安定したのを感じると、体から力が抜ける。ほっとして周りを見るとチャイがコアの隣に並ぶのが見えた。おそらく後ろに子供達もついてきているだろう。コアの首のあたりをポンポンと叩いて、空中で止まってもらう。

「どっちだったかな？　確か、あっちだな」

三馬鹿が問題を起こした国がある方角を指し示す。そして、すぐにコアの首に抱きつく。以前、抱きつく前にコアが走りだしてしまって空中に投げ出されたことがあった。あれは、ジェットコースター以上に怖かった。コアもあの経験があるからか、首に抱きつくまで移動は待ってくれる。

走りだすと気持ちがいい。暑すぎず、心地よい風が体を包み込む。ただし、それも数分だけ。俺がコアに乗りなれたため、コアはかなりのスピードで空中を走りぬけるのだ。そうなると、振り落とされないように、俺も必死だ。でも、そのお陰で昼あたりには森から抜けることができた。何だか走る速度がどんどん増しているような気がするのだが、気のせいだろうか？　まぁいいか、早く目的の場所に着けるのだから。

「コア、ゆっくり、ゆっくり」

森を抜けたので、コアの首元をポンポンと叩いて、スピードを落としてもらう。下の様子を見ると、どうやら見渡す限り畑だ。ん～、見事な広さだな。ただ、何も植えられていない。なぜか草一本見あたらない。そうとう管理されているな。……あれ？　この季節に、畑で何も育てていないのはおかしくないか？　ちょうど、野菜などが育つのに一番いい時期のはずだ。農業隊が管理している畑は、どこも青々とした葉っぱが風に揺れている。

「おかしいな。何かあるのか？」

下の様子をじっと見ていると、なぜか畑から魔力を感じる。不思議に思い魔力感知を行ってみる。

「どうなっているんだ？　畑からものすごい魔力を感じるのだが……実験かな？」

もう一度周りを見回す。かなり広大な畑だが、どこも土がむき出しだ。つまり野菜は植えられていない。これだけ広大な実験とは考えられない。もしかして、森から魔力が流れてしまったのか？……いや、森には三馬鹿が施した結界があった。あれを越えて魔力があふれることはないと思うが……。

あっ、人がいる。あれ？　その隣に獣人？……おかしい。ここって三馬鹿が問題を起こした国ではないのか？　下の様子を窺うと、耳は髪の毛で見えないが尻尾がないので人間だろうと思われる者がいる。そして、その人間の隣に耳と尻尾がある者がいる。間違いなく獣人だ。そう、俺の視線の先には人間と獣人が一緒にいる。雰囲気的に友人のような感じで、嫌悪し合っているような関係ではなさそうだ。問題を起こした国では獣人達は奴隷にされていたと、神様が言っていた。あれからまだそれほど時間は経過していないので、両者の雰囲気はもっと悪いだろう。となるとここは違う国なのか？　……分からん。俺はいったいどこへ来たんだ？　問題の王様がいた国に来たつもりだったのだけど……？

あっ、こっちを指さしているってことは見つかったみたいだな。何だか少し慌てているように見える。何だろう？　あれ、俺ってもしかして密入国しちゃっているのかも？　無断で他国に入るのは、犯罪だよな。って、この世界の法律なんて知らないから何とも言えないけど。さて、どうしよう。……もう一度、下の様子を窺う。やはり騒いでいる。この世界の犯罪を取り締まる機関ってどうなっているのだろう？　そういえば、以前出会った獣人達は同じ格好で腰に剣を差していたっけ。騎士みたいなイメージだったな。

「逃げるか？　印象が悪くなるな。これからは少しずつ関わろうと思っているのに……」

あっ、畑の魔力を取り除いたら印象が少しはよくなるかもしれない。畑は魔力のせいで草も育たない状態になっている。野菜が育たないとなれば、食糧難で苦しんでいる可能性もある。よし、ここは畑の魔力を取り除いて密入国を許してもらおう。なんとなく持ってきていた、魔物の石を取り出す。そして、下の畑に溜まっている魔力を吸収するように石に魔法を発動させる。ふわっと魔物の石が光って魔力の吸収が始まった。

ゆっくりコアに移動をしてもらって、畑の魔力を吸収していく。……て、この畑ってどこまで続いてるんだろう。見渡す限り、畑なんだけど……。

「はぁ、広すぎだろう」

まさか、魔力の吸収だけでその日一日が終わるとは……予定外だ。

191. 村と町……えっ、俺って！

眼下に広がる広大な畑から魔力は感じない。それに心底ホッとする。そもそも原因が分からないことだし、もしかしたら魔力が復活するかもと考えたのだ。だが、どうやら考えすぎてたみたいだ。

いま俺は、森から出てすぐの広大な畑の上空にいる。昨日は魔力を取り除くことで一日が終わってしまったので、今日も密入国をさせてもらった。俺にはこの世界の知識がまったくない。言葉が通じない以上、見て勉強するしか方法がないのだ。それに気が付いたので、色々吹っ切れた。難しく考えてもいいことはないしな。なので、周りの国には申し訳ないが勝手に入らせてもらうことにした。言葉が通じないため、事後承諾も取れないところが気になるが、それも仕方ないので諦めた。

人間吹っ切れたら強くなれるものだ。なので今日も、堂々と朝から上空侵犯だ。問題が起きたら、未来の俺に期待しよう。知識が増えてどうにかできるはずだ……たぶん。

そして、今日こそ獣人と動物が同じ生き物なのか調べてみせる。っと意気込んで来たのだが、どうやって調べたらいいんだ？　色々考えはしたが、まったく何も思いつかない。困った。とりあえず、畑は見飽きたので町へ行ってみよう。もしかしたら、何か思いつくかも知れない。

上空から見ていると、家が密集しているような場所が点在して見える。おそらくあそこが町だろう。少し家の数が少ないような気もするが、ここからでは分からない。行って確認してみるか。町がある方角をさして、コアに移動してもらう。畑の周辺にも家はあるが、集落というイメージが強い。この世界にきて初めての町に少しドキドキだ。

走りだしたコアの隣にチャイ。今日のお供はチャイの仲間であるチャタとチャルだ。子供達は見分けがつかないが、親世代はどうにか見分けがつく。たぶん、合っているはずだ。

「あっ！」

畑仕事をしていた者達が、俺達に気が付いて頭を下げている。もしかして畑から魔力を取り除いたことを感謝してもらえたのならうれしいな。

コアのスピードなので、目標にした町にあっという間に到着。……これは町というより村かな？遠くで見た時の印象よりもっと家が少なかった。

ん～、想像していた世界とは違うな。異世界という認識はあったが、考えが甘かったようだ。俺はどこかで、日本と似たような世界が広がっていると想像していた。だが目の前に見える家は、集落で見た家と同じだ。あれは集落だったからではなく、この世界の一般的な家だったのか。土壁に藁（わら）のようなもので作った屋根。一昔前の日本の田舎？　ちょっと違うが、そんな印象かな？　それとも、もっと人が多い町へ行ったら違うのだろうか？

村の様子を見て回る。家の数は五〇軒ぐらい。家は基本、平屋だ。二階建ては、見た限りでは二軒だけだ。それに、井戸が見える。あれ？　魔法で水は作れるのに井戸？　おかしいな。他には、あ～車ではなく馬車か。そういえば、車をまったく見ないな。この世界にはないのかもしれない。何だかちょっとショックだ。

あれ？　あの馬車を引いている動物……馬ではないな。馬に似ているが、どうして足が六本もあるんだ？　え、何あれ？　目が三つ？　あっ、もしかして魔物？　いや、馬車を引いているから動物でいいのか？　どうしよう、この世界の動物にあうのが怖くなってきた。よし、とりあえず落ち着こう。あっ、見つかった。家から人が出てきて、俺達を見て固まってしまった。何と言うか、申し訳ない。

「コア、移動しよう」

町を探そう。

アレが魔物なのか動物なのか分からないが、この世界の生き物はちょっと怖いかもしれない。そう言えば、食べている魔物もデカくて怖い顔が多いよな。まさか動物もなのか……。

少しすると、後ろからすごい叫び声が聞こえてきた。さっきのあの人だろう。あんなに叫ばなくてもいいのに。いや、驚かせた俺達が悪いのか。

先ほどの村から少し離れた村に到着。このあたりには、村しかないのかもしれないな。ただ、先ほどより家の軒数が多い。村の中心に当たる部分に、他とは違う建物が見えた。何だろう？　周りより少し大きめに建てられている。あぁ、出入り口も大きいな。……もしかして集会所とか？　あっ、教会という可能性もあるな。三馬鹿を崇めた王がいる以上、この世界にも宗教があるはずだ。

あっ、また叫ばれた。何もしないから叫ばなくても……あ～、言葉が通じればな。仕方ない、移動しよう。

「コア、ごめん。今度は……あっち」

視線を周りに走らせると、少し遠いがいままでより高い建物が多くあるような場所を見つけた。とうとう町を発見できたかも。ちょっと期待する。もう少し発展した町がありますように。

「……ん～、町でいいのだろうけど。微妙だ」

とうとう町に到着した。多くの建物に、商売をしているお店まであるようだ。路上販売もあるな。そして人の姿が多くある。獣人達もいるようで、いままでの村とは全く違っていた。見つかるとめんどくさくなるので、少し高度を上げてもらった。見つかりにくいだろうが、こちらからも見えづらい。ん～望遠鏡が欲しい。

町の建物を確認したが、村とあまり変わらない。あまり文化が進んでいない世界だったようだ。いや、二階建てが多くなったので少し違うかな。そして町にもやはり井戸があるようだ。家は井戸の周りを囲むように建てられている。この世界では魔法で誰でも水が作れると思っていたが、違うのかも。

そういえば、獣人達は奴隷だったんだよな。神様からは、奴隷解放が宣言されたと聞いてはいるが。それからどうなったのかは、一切分からない。

「コア、少しだけ下がってほしい」

ジェスチャーで高度を下げるように伝えると、ゆっくりと降下していく。ある程度下がると、獣人達の表情がはっきりと見えた。彼らの顔に悲壮感はなく、笑顔だ。三馬鹿のせいで苦しんだ分、幸せになってもらいたいな。

しかし、大人の獣人を見つけたがどうしよう。見た目は人間に耳と尻尾をつけた感じだ。ウサ達と一緒だな。他の違いは、ここからでは分からないな。

ん？　どうやら見つかってしまったらしい。多くの者達が俺達を見て叫んでいる。

「危ないな。コア、移動しよう」

適当な方角をさして、コアに移動を促す。

コアは周りを見渡すと、何事もなかったようにふわっと上昇して俺がさした方向へ走ってくれた。

なんで、周りを見渡したんだ？　何かあったのかな？

「あっ、コア。あっち！」

目に入ってきたのは、かなり遠くて見づらいが何かが動いている。それも同じ種類のものが多数。

もしかしたらと期待を込める。

「やっぱり！」

そう、見つけたのは牧場と思われる場所だ。そしてそこを走りまわっている動物達。種類は……やっぱり分からない。牛ぐらいの大きさで、耳が垂れている。足はそれほど長くなくて、ずんぐりむっくりな体型だ。それが、ドタドタと走っている姿は何とも……表現しづらい。けして可愛い動物ではないが、愛嬌（あいきょう）はあると思う。

周りに人や獣人がいないことを確かめて、コアに地面に降りてもらう。コアが降りると、動物達はなぜかある一定の距離まで近づいてきた。……思っていたよりデカかった。この世界にはデカいものが多すぎる。そう言えば、さっき見た人や獣人達もデカかったような……。もしかして俺って、この世界では小さかったりして。

「ぅわ〜」

いままで見た獣人達は、かなり上空から見ただけなので大きさまでは確認できていなかった。何だかショックだ。俺だって身長は一八〇センチメートルあるのでもとの世界の日本では男性平均より少し高いくらいだったのに。って、それよりまずは目の前の動物が獣人かどうか確かめないと。……だから、どうやってだよ！　あ〜、とりあえず話しかけてみるとか？　言葉が通じないから無理だろう。

「帰ろう」

今日の収穫は、この世界は日本より文化的に遅れていること。車はないこと。あとは動物達がデカいこと。……もしかしたら、俺がチビなのかも？　これは嫌だ。

192. えっ、二メートル！……お風呂最高！

夕飯を食べながらウサとクウヒを見る。あの子達はまだ小さい。子供だからな。だが、俺よりデカくなる。それが分かってしまった。何気にショックだ。いや、ちゃんと育ってほしいけど……俺よりデカくなるのか。

実は家に戻ってくる前に、どうしても気になったので確認をしてしまったのだ。この世界の人と獣人の身長と体つきを。やめておけばよかったと、いまは後悔しかないが。

「なんであんなに逞しい体つきをしているんだ」

思い出してげんなりする。確認に協力してもらったのは、おそらく一般人だと思う。……正確にはいきなり空からお邪魔して驚かせたのだが。町から少し外れた道で、人と獣人数人が一緒にいるのを見かけたので降り立ってみたのだ。間近で見た彼らは、想像した以上に大きかった。コアに乗っている俺と視線の高さがほとんど同じだった。いや、なかには俺が見上げる必要がある者もいた。おおよそだが二メートル以上あることになる。ショックを受けながら、人と獣人を見比べてみた。人より獣人の方が体つきはいいようだった。だが、獣人の中には細身の者もいた。全体的に背丈は獣人の方が高かったが、逞しさは獣人によって違うようだった。人の方が逞しい場合もあるようだ。人の女性は男性よりは華奢だったが、背は確実に俺より高かった。獣人の女性はいなかったので分からないが、男性の身長を考えたら俺より背が低いとは考えられない。いや、もしかしたら種によっては背が低い者もいるかもしれない。人だって平均より低い者はいるだろう。それが、俺の身長より低いかは分からないが。俺より低い人がいることを期待はしない方がいいだろうな。

急に現れた俺達に、目を見開いて固まっていた彼ら。悪いことをしたと思うが……あれは、仕方がなかったのだ。言葉は通じないが誠心誠意謝っておいた。気持ちは伝わったと信じよう。

それにしてもショックだ。何と言うか、色々あった中で一番ショックを受けている。この世界に来て色々あった。三馬鹿に対しては、文句を言いたいことばかりだ。だが確実に、この問題が一番だ！　何で身長が二メートル以上もあるんだ！　「人間ではなくなった」と言われた時よりショックだ。まぁその真実を知った時は、他の情報も一緒だったから衝撃が少なかったのかも知れないな。

しかし、俺はこの世界の女性より背が低い可能性があるのか……。

そういえば、中学校を卒業するまで姉二人より背が低かったのを気にして、背が高くなる運動を毎日やってたな。

いまから、身長って伸びないかな？　昔みたいに、運動を始めてみようかな。……どう考えたって無理だな。はぁ～。

「大丈夫？」

クウヒとウサが心配そうに俺を見ている。やってしまった。子供達に心配をかけてどうするのだ、いい大人が。身長が何だ！　逞しさが何だ！……………………三馬鹿のクソッタレ！

考え込んでいる間に、いつの間にか食事が終わっていた。食べた記憶は全くないのだが、手と口は動いていたようだ。どれだけ衝撃を受けているんだ俺！　たかが身長に……されど身長って違う！　よし！　ゆっくりお風呂に入ってリラックスしよう。

「大丈夫。ありがとう」

「ウサ、クウヒ。ゆっくりお風呂に入ろうか。で、もう寝てしまおう」

「お風呂～」

「ふろふろ～」

二人の元気な声を聞いていると、下降気味だった気持ちが軽くなる。一つ目達と一緒に後片付けをして、二人とお風呂へ向かう。その後ろから、小さくなった水色と毛糸玉がついてくる。龍達は本当に自由自在に大きさを変えられるんだな～。……羨(うらや)ましい。

「お前達は本当にお風呂が好きだな？」

マシュマロ以外の龍達は、お風呂が好きだ。結構な頻度で一緒にお風呂を楽しんでいる。特にこの二匹は多い。

最初の頃はお風呂というものに戸惑っていたな。だが、俺がお湯に浸かっている姿を見て一緒に入った。一番最初にお湯に入ったのはふわふわだ。あの時は俺の方が慌てたっけ。

最初のお風呂は、日本の銭湯をイメージして作った小型のお風呂。さすがに二メートルぐらいの龍が入ると狭かった。龍達が一緒に入りだしたので慌てて改造。いまは三回改造して、かなり大きな湯船となっている。五匹の龍と一緒に入れるぐらいにはデカい。そしてこの湯船には段差がある。龍達の体がしっかりと浸かれる深さと、俺達が座って浸かれる深さだ。龍達が浸かる場所の深さは三メートルぐらいある。この深さは相談して決めた。小さくなりやすいサイズが三メートルなのだろうか？　家の中でもだいたいそのサイズでいることが多くなった。広い家と廊下でよかった。

体を浄化魔法で綺麗にして、掛け湯をしてからお湯に浸かる。ウサとクウヒにも俺が浄化魔法をかける。龍達は自分達でかけている。正直魔法があるから入浴は必要ないのだが、ここが日本人なんだろうな。お湯に浸かりたくなるのだ。俺が毎日お風呂に入るからなのか、ウサとクウヒもお風呂が好きになったようだ。最初の頃の、ビビっていた姿はどこにもない。二人とも湯船の中で体を伸ばして寛いでいる。

頭をクイッと軽く押される。視線を向けると口に布を咥えた水色。布を受けとって軽く絞る。それを水色の頭に乗せてあげる。水色はそれに満足して、深い方へと体を移動させて縁に顔を乗せて目を閉じた。

龍達がお風呂に慣れた頃、面白半分で濡れた布を頭に乗せたのだがなぜかそれを気に入ってしまった。湯船に入るたび、布を咥えて持ってきて頭に乗せてと催促するようになった。何とも可愛い行動だ。頭に布を乗せ湯船の縁に顔を置いて目を閉じている姿は、微笑ましい。

「ぷふ～」

湯船に入っている水色と毛糸玉から鳴き声が洩れている。気持ちがいいのだろう。俺も湯の中で体を伸ばして、今日の疲れを取る。うん、いいお湯だ。何だか気持ちが落ち着く。

あ～、そろそろ三馬鹿の問題に取り掛からないとな～。面倒くさいが、早くした方がいいと感じるからな。頑張るか。……面倒くさいな～。

193. 新国王　三。

―エンペラス国　国王視点―


「それで奴らは捕まえたのか？」

「ああ。それが騎士団が見つけた時、なぜか全員が腰を抜かして座り込んでいたらしい。そのお陰で抵抗なく捕まえられたようだが」

ミゼロストの言葉で眉間に皺が寄る。腰を抜かす？　何でそんなことになっていたんだ？

コンコンと扉を叩く音と同時に扉が開かれる。入ってきたのは、慌てた様子のガジーだ。

「見つかったと聞いたのですが、本当ですか？」

「ああ、本当だ。無事にアッセを保護することができた。あと数名の獣人達もだ」

ミゼロストの言葉に、ガジーが大きく息を吐き出す。アッセは彼にとって命の恩人だ。ガジーがずっと心配していたことを知っていたので、見つけることができて俺もホッとしている。

「はぁ、ありがとうございます」

アッセは、ガジーと同じ奴隷檻にいたネコ科の獣人だ。ミゼロストがガジーと内密に会うようになった日々の中で、紹介された一人だ。最初の頃はかなり警戒されたのだが、会うたびに少しずつ打ち解けてくれた。そして、彼には特技があった。少し会話をするだけで、その人の本質を見抜けるのだ。すべてを見抜くことはできないが、敵と味方を見分けることはできた。彼のお陰で、安全に味方を増やすことができたともいえる。

だが、彼は前王が死ぬ前日から今日まで行方が知れなかった。その原因は魔法だ。俺もまったく気付かなかったのだが、彼は魔法が使えたのだ。しかも特殊魔法の一つ「洗脳魔法」だ。ガジーは「アッセ自身も魔法を使えることに気付いていなかった可能性がある」と言っていた。

それがなぜ知られたのか。それはガジーが、守衛に殺されそうになったからだ。その頃、奴隷に手を出すと森の怒りを買うと王城内では噂が流れていた。馬鹿な守衛が、その噂の真偽をガジーを殺して確かめようとしたのだ。それを止めるためにアッセは無意識に魔法を発動。周りにいた守衛達全員に洗脳を施してしまったのだ。アッセの洗脳魔法は、二日間完全に支配下に置けるというものだった。ただ、魔法が解けた後もその二日間の記憶は残る。それをガジーとアッセが知ったのは二日後。守衛達の魔法が切れて、アッセを調べるために魔導師が無理やり連れてこられた時だ。魔導師は噂を恐れ、ほんの少しアッセの魔法について調べるだけだったがそれで十分だった。簡単な調査でアッセの魔法が特殊なものだとばれたのだ。そこで終わればよかったのだが、なぜかその情報がある貴族の耳に入ってしまう。そしてアッセは人知れず連れ出され、行方不明となっていたのだ。まぁ、貴族に連れ出されたと知ったのは数日前なのだが。アッセが連れ出されたのは、前王が死んだ前日。あの騒動で手掛かりが失われ、捜索が難航していたのだ。

「アッセはどこに？」

「魔導師達と話をしている。いままで何をさせられていたのか、知っておく必要があるからな」

貴族がアッセの魔法で何をしていたのか。どんな犯罪を犯していたのか、知る必要がある。

「そうですか。そういえば、彼と一緒に数人の獣人達を保護したと言いましたよね？　誰ですか？」

「アッセにとっての人質だな。アッセに命令を聞かせるために用意したらしい」

「はぁ、まったく。なんて奴らなんでしょう」

「安心しろ。第二騎士団のビスログ副団長が尋問している。補佐にはリツリだ」

またすごい者達に尋問をさせているな。第二騎士団の副団長ビスログといえば、獣人の女性に一目ぼれしたことで最近有名だな。リツリは、奥さんが獣人だ。前王時代は隠していたが、いまでは堂々と子供もいると発表している。噂では、かなりの愛妻家で子煩悩だとか。

「そうか、しかし第二騎士団員達も忙しいと思ったのだが」

「息抜きにちょうどいいと、やる気だったぞ」

「……尋問をしているんだよな？」

俺の言葉に、ミゼロストは肩をすくめる。

「尋問もしていると思うぞ」

まぁ、最終的に報告書が上がってくれば問題はない。ビスログとリツリが好きにすればいい。

「問題なしだ。ガジーも聞きたいことがあれば参加していいぞ」

「……いえ、やめておきます。アッセはどうなりますか？　彼の魔法は……」

確かにアッセの魔法を放置することはできないだろうな。情報を隠したとしても、どこからか洩れる可能性がある。知られれば、アッセはまた狙われるだろう。今回は保護できたが、次も大丈夫だとはいえない。アッセが協力を拒否すれば、殺されることだってある。

「魔法か。便利なものではあるが、厄介な問題も引き起こすな」

この国の多くの者達が生活魔法を使うことができる。ただそれは、コップ一杯の水を作ったり、種火を作ったりする程度だ。人によっては一杯が二杯になる者もいるが、それぐらいの違いだ。攻撃魔法を使える者など、国民の中にはほとんどいない。

だが稀に、魔力を多く持つ子供が生まれることがある。彼らは保持できる魔力量が、他の者達よりはるかに多い。それでも、魔力量が多いだけでは魔法を発動することはできない。魔力を使う方法を学んではじめて、魔法は使えるようになるのだ。だが、アッセは違う。彼は数十年に一人生まれるか生まれないかのような、学ぶことなく魔法が使える奇跡のような存在だった。だがアッセは奴隷だった。おそらく強化された奴隷紋が、その奇跡を命が危険だと感じるまで抑え込んでいたのだろう。そのお陰でアッセは利用されずに済んだが……。問題は、生まれながらに持つ力には特殊なものが多いということだ。

「アッセには気の毒だと思うが、魔導師の道を歩んでもらうことになるだろう」

ある意味、国が管理するということだ。色々協力してくれた彼だ。俺としては自由を与えたいが、こればかりは個人の考えを通すことはできない。魔導師ならば、生活にある程度の制限は加わるが自由もある。

「そうでしょうね」

ガジーも宰相として、何が一番最善なのかを理解しているのだろう。アッセにとっても、良いことはある。国は魔導師を守る義務がある。つまり堂々と守ることができる。

コンコン。

「アールリージャです。よろしいでしょうか？」

アッセに話を聞いていた魔導師がきたということは、話は終わったのだろう。

「入れ」

アールリージャ、魔導師の中での最初の味方だ。いまは魔導師長を務めてもらっている。扉を開けて入ってきた彼は、ものすごく怖い笑顔で俺を見るのでスッと視線をそらす。

原因は、魔導師長という立場に就けたことだ。魔導師長となってほしいとお願いした時、断固拒否された。だが、他に頼める者もおらず……最後の手段として彼の奥方を説得したのだ。結果上手くいったのだが、数カ月たったいまも彼の怒りはまだ継続中だ。

「もうそろそろ許してやれよ」

ミゼロストが呆れた声を出す。そうだそうだと、頷きそうになるのを何とか抑え込む。ここで頷いてしまったら、怒りが長引く。

「はぁ、アッセ殿から話を聞いてきました。他の獣人達からもです」

「ご苦労。で、貴族の奴らは？」

「それについては、もう少し調べさせてください。被害者もおりますので」

「わかった。そういえば、全員が腰を抜かすような何があったのだ？」

ミゼロストの説明で疑問に思っていたことを聞く。何かがあったのだろうが、予測ができない。

「すごいですよ。アッセを助けたのは森の王と神様だと思われます」

「「「……………はっ？」」」

思いがけないことを聞いて、理解するまでに時間がかかった。だがそれは俺だけではなく、ミゼロストやガジーも同様だったらしい。アールリージャはしたり顔だ。

「どういうことだ？　森の王と神様が？　えっと本当か？　いや、嘘をつく必要はないな」

ミゼロストが興奮からだろうか、しどろもどろになっている。その様子に、逆に冷静になることができた。

「何があったのだ？」

「移動をさせられている途中、フェンリル王とそれに乗った神様が空から降りてこられたそうです」

「何！　目の前に！　どんな御姿だった？　俺が見た時は遠すぎて分からなかったのだ」

「ミゼロスト、少し黙れ！　それで？」

「何をするわけでもなかったそうですが、全員を確認するように見回して何事かを口にしてまた空に戻られてしまったと。アッセ殿は、緊張が解けて腰が抜けたと言っておりました」

　確認？　何を確認したのだ？

「それと神様の見た目ですが、とても華奢な姿をしていたそうです。一瞬、子供の神様かと見間違えたと言っておりました」

「そんなに細いのか？」

「どういうことです？　子供のような細さで大人であったと？」

　ガジーが、少し困惑した声音で尋ねている。

「神という存在に大人や子供の区別があるのかは分かりませんが、アッセ殿が見た印象では大人であったと。ただ、そのお姿だけが小さく細かったと」

　神という存在は、もっと強靭（きょうじん）な印象を受けるのだと思っていた。それが、子供と見間違えるほどに華奢とは……。何とも不思議な存在だな。しかし、アッセはすぐ傍でお目にかかれたのだな。羨ましい。ものすごく羨ましい。

194. 二年目の川遊び……すべてがでかい！

アメーバの上でゆっくりと背伸びをする。川にぷかぷか浮かぶアメーバは、ひんやりして何とも気持ちがいい。去年と同じように、アメーバに乗って川を遊泳中だ。ん？ 違うな、遊泳は泳いでいないと駄目だ。俺は乗っているだけだから……遊覧？ これも、違うな。まぁ、のんびり寛ぎ中だ。

「あ〜、極楽」

この世界の驚愕（きょうがく）の事実を知って落ち込んだが、諦めた。魔法で背を高くすることまで考えたが、恐ろしくてやめた。思いつめた人間が考えることは恐ろしい。あの時、正気に戻ってよかった。で、何事も諦めが肝心だという言葉を思い出した。良い言葉だ。まぁ、完全復活するまでに五日という日数がかかったがかわいいものだ。

夏が来たな〜っと思っていると、去年同様に一気に気温が上がって暑くなった。去年と一緒ならば、おそらく一週間ぐらいでこの暑さも落ち着くと思うのだが正確なところは不明だ。なんせ、この世界に来て二年目なのだ。……まだ、二年目なんだよな。あまりに濃い一年だったから、そんな気がしないんだが。コア達に会ったのも去年の春ぐらいか〜。あっ、そういえばこの世界の暦（こよみ）ってどうなっているんだ？ ん〜、俺がこの世界に飛ばされたのが日本では春先だったな。まだ少し寒さが残る日だった。日本とこの世界って少し似ているかもしれないな。春夏秋冬がある。ただ、長さが違うな。気温で考えるならこの世界は春が長いな。夏はあっという間で、かなり暑くなる日がある。秋は一番短いかもしれないな。冬もある程度の長さがあったな。

パシャッパシャッ。

水音に視線を向けると、アイの仲間のネアとラキだ。この二匹、とても器用に泳いでいる。潜水した時には驚いたが。その傍にウサとクウヒが、微妙な泳ぎを披露している。二人は水の中で泳ぐというのをしたことがなかったようで、俺が川で泳ぐのを見て驚いていた。最初は溺れているのと間違えたようで、かなり慌てていたな。問題ないと分かったら川に入ってきたのだが、恐る恐る川に入るその姿が何とも可愛かった。ただ、どうやら彼らは顔が水で濡れるのが駄目らしい。顔が水に沈まないような泳ぎ方をしているのだが、何というか……。けして、溺れているわけではないのだが……見方によってはそう見えてしまうだろう。そして、ネアとラキにはそう見えたのだ。俺が二人の泳ぎを見ていると、慌てた二匹が川に飛び込んだ。が、傍によって溺れているわけではないと気が付いたのか、微妙な距離を守りながらずっと近くを泳いでいる。あれはきっと、いつでも助けられるようにだと思う。二人を見る。……確かに二匹が傍で見守ってくれていると安心だ。

ゆっくりと流れるアメーバ。去年の失敗を繰り返さないために、水分補給はしっかりと行っている。夏のあの日、意識がもうろうとした状態で何をしたのか不明だからな。まぁ、森に影響はなかったようなので何かの魔法を発動させてたと思ったのは、俺の勘違いだったのかもしれないな。

ん？　ネアとラキに体を引き上げてもらっているウサとクウヒ。溺れたのか？　見ていると、一匹のアメーバがすぐに二人と二匹を体の上に乗せた。もしかして、この子もずっと様子を見ていたのか？　でも、いったい何があったんだ？

「大丈夫か？」

「ふわれた～」

「ふかれた～」

……「疲れた」かな？　そう言えば、まだちゃんと疲れたって言えていなかったな。それにしても、ネアとラキはずっと心配してたんだな。アメーバの上にいる二人に、ものすごく安心した表情を見せている。まぁ、確かに溺れているように見えたからな。泳ぎ方って教えるにはどうすればいいんだ？　俺の場合は、最初はビート板を使ってバタ足から教わったよな。ビート板……木の板で代用できるかな？　ん～、重すぎるな。魔法で木の板をビート板みたいに変えられないかな？　水を弾くように撥水加工をして、あとは水に浮けばいいのか。まぁ、試してみるしかないよな。今日の夜にでも作ってみよう。

一つ目達が川の傍に姿を見せる。お盆の上には飲み物が用意されている。そろそろ、水分補給をする時間らしい。アメーバも気が付いたのか、ゆっくりと一つ目達に近づいていく。何と言うか、至れり尽くせりだ。どんどん俺が駄目になっていくような気がするな～。

「ウサ、クウヒ飲もうか。一つ目達、ありがとう」

「ありがとう」

「ありがと」

一つ目達からコップを受け取ってウサとクウヒに渡す。お皿に入った水も渡される。どうやらネアとラキ、二匹の分もあるようだ。さすが一つ目達だな。抜かりがない。

果実水を飲みながら、乗っているアメーバを見る。俺の視線に気が付いたのか、目がキョロリと背中側に移動する。どういう体の作りをしているのか、目が自由自在に動くのだ。最初に見た時は、驚いてと言うか恐怖から声も出せず、川に落ちた。すぐに、引き上げてもらったが。あれは、怖かった。いまは、見慣れたな。あっ、そういえばウサとクウヒは初めて見るのでは？　慌てて二人を見ると、自由に動くアメーバの目を不思議そうに見ている。

……驚いても、怖がってもいない、ただ、不思議なものを見ているって感じだな。

あれ？　怖くないんだ。あっ、この世界ではアメーバは普通にいるものなのか。だったら、目が動くことも知っていてもおかしくないか。……いや、だったら不思議そうな顔はしないか。どういうことだ？　まぁ、怖がっていないなら問題ないか。

コップを一つ目達に返すとアメーバがまたゆっくりと移動を開始する。ウサとクウヒを乗せたアメーバも、ついてくるようだ。ゆっくりとアメーバに寝そべって、目を閉じる。

「水の音って眠くなるよな～」

「寝る～」

クウヒが欠伸（あくび）をしながら体を横たえる。その横でウサは川の水で遊んでいる。しばらくすると、ラキがこちら側のアメーバに乗ってくる。ちょっと驚いて様子を見ると、俺の近くで体を横にして目を閉じた。

「？」

もう一匹の方のアメーバを見ると、ウサとクウヒとネアがアメーバの上で伸びていた。全員が寝てしまって、かなり幅を取ったようだ。

「ラキ、お前追い出されたのか？」

「クゥウ～」

ちょっと情けない声が聞こえる。笑って頭を撫でると、気持ちよさそうに目を細めた。

少し強めの日差しがふっと陰る。どうやら果樹の森の中に入ったようだ。二年目とは思えないほどの立派な森だ。まぁ、木そのものを移動させたのだから一年目も二年目もないが。それにしても……収穫が大変そうだ。かなりの実が生(な)っている。去年より間違いなく豊作だろう。しかも、既に一回目の収穫は済んでいる。と言うか、済んでいた。俺が色々としている間に終わっていたのだ。申し訳ない。

それより気になるのは、野菜や果実の成長速度と大きさだ。どうも、去年より成長が早いような気がするのだ。しかも収穫したものを確かめたが、どれも一回りぐらい大きい。家族が増えているし、食べる量も多いので助かるのだが。成長速度が速くなっても特に問題ないなら気にはならない。が、問題は大きさの方だ。目の前には、みかんのような実が生っている木がある。美味しそうな色に熟しているが、その大きさはどう見ても俺の顔と同じくらいだ。いや、それより大きいサイズもありそうだ。あの果実は、みかんのように皮をむいて食べるのだが食べるまでに体力を使う。皮が硬いのだ。最近では一つ目達が剥(む)いて持ってきてくれるが……もう少し小さければ俺でも剥けるはずだ。

「この世界は、すべてがデカいよな～」

それにしても、日が陰ると風が気持ちいいな。少し火照っていた体が冷やされていく。う～ん、眠い。

195. ぷかぷか……増えた！

ウッドデッキから見える景色に変化なし……と言いたいのだが。何度か瞬きをしてみる。間違いない……子天使が浮いている。ウッドデッキから出た少し先、子蜘蛛達が特訓をしている場所の近くに天使がいる。空中にぷかぷかと浮いた状態で。高さは、地面から三メートルぐらい。飛んでいってしまわないようになのか、体に紐が結ばれている。そして、紐の先は一つ目がしっかりとつかんでいるようだ。

「リアル天使の凧揚げ」

見た感想が口から零れる。何だか微妙な気分になるが、大丈夫なんだろうか？　子天使は、短い手をパタパタ動かして自由に飛び回っている。ただ、その動きはものすごく遅いが。

ぷかぷか、ふらふら。

ぷかぷか、ふらふら。

風に吹かれたのか、訓練場所の方へ……紐がしっかり防いでいる。なるほど、訓練場所へ飛ばされないようにするための紐なのか。しかし、高さはないが本当に凧揚げみたいだ。子天使の顔は見えないが、手をぱちぱちと叩いて笑い声が聞こえるので楽しいようだ。空の散歩。見た目がちょっとシュールだが、楽しそうなので止めないでおこう。

「あれ？　そういえばもう一人いたよな？」

空に浮かんでいるのは一人。大きさからみて最初に保護した子天使だろう。周りを見渡すと、少し離れた場所に抱っこされた状態の子天使を発見。あの子はまだ、飛べないようだ。腕を上げているように見えるが、体が浮き上がっていない。

「歩く前に飛んでしまったな。もしかして天使って歩かないのか？」

俺の中にある天使像って、上空から降りてくる子天使なんだよな。有名な物語の最後のシーン。あれって確か教会の絵の前だったよな。……駄目だな、まったく参考にならない。

ウッドデッキから外に出て、抱っこされている子天使のもとへ行く。近付くと「ヴ～ッ」というような声が聞こえる。どうやら飛べないことでぐずっているみたいだ。

「一つ目、お疲れ様」

俺の言葉に少し頭を下げる一つ目。その腕の中で「ヴ～ッヴ～ッ」と呻(うめ)いてバタバタ暴れている子天使。

「こらこら、文句を言っても仕方ないだろ、もう少し大きくなったら飛べるようになるから」

……たぶん。

口を突き出して、不平を声に出している子天使の頭を数回撫でる。目をきょときょとと動かして俺を視線で捉えたのか手を伸ばしてくる。そっと指を近付けると、ギュッと力強く握りしめてきた。
可愛いな。

バチッ。

「うわっ……なんだ？」

一瞬、冬の乾燥した時期に起こる、静電気のような痛みを指先に感じた。子天使にも痛みが走ったのでは？　と慌てるがじっと俺を見つめている。痛みは俺だけだったようだ。よかった。けど、何だったんだ？　静電気が起こるのって、確か乾燥した時期だよな。指先を確かめたいが、ずっと握られているため見ることができない。まぁ、いずれ飽きるだろうから待ってみる。しばらくすると、「ヴゥ〜」と不満げに声をあげてから指を離した。何なんだ？　不思議に思いながら痛みを感じた指先を確認するが、特に変化はない。火傷（やけど）も傷もない。本当に静電気だったのか？　まぁ、怪我をしていないようだから気にするほどのことでもないか。子天使が怪我をしなくてよかった。

子天使の頭を撫でていると、頭上から機嫌のよさそうな声が聞こえた。視線を向けると、ぷかぷかと浮いた子天使が傍まできていた。近くで見て気が付いたが、少し羽が成長している。だから飛べたのかもしれないな。

背中の羽がぱたぱた、ぱたぱた。腕をぱたぱた、ぱたぱた。

何だろう、ものすごい癒（い）やしがそこにある。ちょっとだけ、空中で溺れているように見えたが。
可愛いものは可愛い。

時間にして五分くらいで疲れたのか、浮いていた子天使がゆっくりと一つ目の腕の中に戻る。もう一人の子は、不貞寝中だ。朝の散歩が終わったようで、一つ目達に連れられて天使達がリビングに戻った。それにしても、天使の成長って面白い。身長が伸びる前に羽が成長するのか。俺としては奇跡みたいに急に大人になって、話してくれるようになったら一番なんだが。……あの様子では無理そうだな。まぁ、ゆっくり健康に育ってくれればいいか。

さて、そろそろ俺は本格的に三馬鹿の残したものの対処に入りますか。色々あってここ数日ゆっくり過ごしたからな。そのお陰で、この世界では俺がチビだというショックは何とか乗り越えた。いや、自分でもここまで衝撃を受けるとは思わなかった。何かおかしさを感じるが、ショックだったものは仕方ない。

気持ちが落ち着けばやらなければならないことが見えてくる。三馬鹿が残した問題の場所は残りは八カ所だったはずだ。場所は……あれ？　どこだったか思い出せないな。もう一度、調べ直すか。その前に、

「吸収ストップ」

奴らの神力を吸収して溜めている魔物の石に、魔法を発動させて動きを止める。あの石の働きは優秀すぎて、動いている状態では場所を特定できないからな。前回は確か、一時間ぐらい待ってから調べたはずだ。今回もそれぐらい待つ必要があるだろう。

そういえば、吸収した神力は吸収石に移動させて溜めているはず。どれぐらい溜まっているのか確かめに行こうかな。

森から戻ってきている魔物の石を視線で捉えながら、吸収石のもとへ行く。相変わらず、農業隊

の管理する畑って綺麗だよな。無駄がないというか、雑草もあるんだがそれらも管理されているような気がする。野菜は手間をかけると美味しくなると聞いたことがあるが、あれは本当なのかも知れない。農業隊が育てた野菜はとても美味しい。丁寧に作ってくれているんだろうな。そういえば、野菜は土によっても味が変わると元の世界で元の世界で父が言っていた。この森の土は、野菜を育てるのに向いていたのかもしれないな。

吸収石のもとに着いたが、やはり少し大きくなっていた。といっても、五芒星(ごぼうせい)の神力を吸収した後ほどではない。あれはパンパンに膨れ上がって、少しの振動でもはじけそうだったからな。吸収石を手に持って、傷の有無を調べる。傷があるとそこから壊れてしまうかもしれない。

「問題なし。ちょうどいいから神力を固めて取り出しておくか」

吸収石の中の神力を圧縮して固めて、珠(たま)を作り出す。卵形の透明感のある珠。既に二個作りだしているので、今回ので三個目だ。五芒星の神力を集めた時ほど大きくないので、今回は少し小ぶりサイズ。とても綺麗なのだが、何の役に立つのか不明のため放置してある。膨大な神力の塊(かたまり)など使い道に困るというものだ。神様が来たら、持っていってもらおうかな。

家の周辺を見て回る。農業隊が掃除もするため、本当に綺麗な状態がキープされている。一つ目達も、農業隊も不思議な存在だな。俺が作ったのだけど、勝手に進化しているような気がする。

さて、家と畑の周辺を一周したので、そろそろ一時間ぐらいたっただろう。まずは神力を感知しないとな。

「感知魔法発動」

ふわっと頭の中に浮かび上がった森の映像。森が広すぎるため全体像は見られないが、白く光る場所が数カ所あるのはわかる。一つ二つ……九カ所。あれ？　えっと、一つ、二つ……九つ。増えてるよな、これ。マジですか！　何度見ても白く光る場所は九カ所で一カ所増えている。最初に確認した時に、見落としたのだろうか？　いや、あの時も何度も光っている場所を確かめたから、間違いないはずだ。だから残りは八カ所のはずなのに……増えやがった。

「はぁ～、仕方ないな。頑張ろう」

一番近く、もしくは光り方がやばそうな場所はどこかな？　そういえば、異様な雰囲気を感じた光があったよな。前回は五カ所だったが……今日は三カ所。二カ所は対処できたということか。よかった。

ん？　前回とは明らかに異なる光り方をしている場所があるな。しかも、ちょっと異様な光り方だ。調べるならこの場所だな。異様な光の周辺を拡大表示して、周辺に何があるかを確かめていく。何か、目標となるものを見つけないと探すのが大変だ。

「なんだ、火山の近くか」

分かりやすい場所だな。火山……熱いが、仕方ないな。魔法で完全防御していくしかない！

196. 色々な個体……卵か～。

さて、火山に対する完全防御の魔法って何が必要なんだ？　火山はマグマによる熱だよな。つまり……熱の対策でいいのか？

「まぁ、とりあえず。熱さ完全防御」

マグマの中を自由に歩けるようにイメージして魔法を発動。マグマの中を歩くなんてことは絶対にしないけど。考えただけで恐ろしい。

準備も完璧？　だと思うことにして、三馬鹿のやらかした場所へ行きますか。ここからだと走っても一時間ぐらいで着くかな。

「いってら」

「いってらっしゃい」

ウサとクウヒに手を振って、ウッドデッキから森へ向かう。農業隊も手を休めてこちらを見ているので手を振っておく。すると畑仕事を手伝っている、子アリや子蜘蛛、土のアメーバ達も反応してくれる。なんとなく和む風景だ。あっ、親蜘蛛さんが畑の上を飛んでいる。そういえば、あの子は羽が大きく成長しているな。元々親玉さんは羽を持っていたからそういう個体だろうけど……羽が大きくなりすぎているような。まぁ、本来の形が分からないため何とも言えないのだが。この頃は、シュリの子供達にも個性的な子が現れてきているんだよな。蜘蛛もアリもそんな簡単に変化していいものなのだろうか？　まぁ、皆元気に育っているので問題はないと思うが。変化って必要に応じてするものだったはず。この生活のどこに変化が必要なんだろう？　俺との生活で？　だったら、俺の責任になるのだけど……原因が分からない。ん～、もう少し様子を見るか。

森を少し進みながら、周りを見る。今日のお供は親玉さんと、親蜘蛛さん達五匹。そして親アリさん達五匹……えっ！　大きな鎌を持った子アリが一匹。初めて見る個体だ。と言うか、何だろうそのものすごく切れ味の良さそうな鎌は。必要に応じて？　えっと、そんなものが必要な生活ではないと思うのだが。木を切るため？　じっと鎌を持った子アリを見ていると、なぜか胸を張って鎌を構える仕草をする。……かっこいいと思うが、何に必要なんだろう。ものすごく気になる。時間がある時に、じっくりと観察してみよう。とりあえずいまは、マグマに対する防御を全員に施しておこうかな。

「熱さ完全防御」

全員の周りがうっすらと光りすぐに消える。おそらく防御魔法が掛かったはずだ。親玉さんが不思議そうに体の周りを見ているが、何か問題でもあったのだろうか？　様子を見てみるが、特に何もない。大丈夫ということでいいか。

「さて、行こうか」

足に力を入れて森の中を疾走する。やっぱりこの速さで走るのは気持ちがいいよな。通常では絶対に無理と言うか、これで元の世界に帰ったら世界記録を塗り替えられるだろう。一躍有名人にな

るの、間違いなし。まぁ、俺の全力疾走にも親玉さん達は余裕でついてくるけど。それにしても、その巨体がどうやればそんな速く走れるのか不思議だ。しかも、走ると言うより木と木の間を飛び跳ねているように見える。それで、その速さ。さすがだ。まぁ、親アリさん達もものすごいスピードで地面を走っているよな。途中にある、株とか倒れた木とか一切気にせず。と言うか、勢い余って倒れた木とか時々吹っ飛んでいるし。恐ろしい。鎌を持った子アリは走れているのだろうか？後ろを確認すると、大きかった鎌の部分がギュッと折りたたまれている。まさかの折り畳み式。便利だな。そして、鎌の部分を使わなくても速く走れるのか……ものすごく負けた気分だ。

「このあたりだな……」

一時間ぐらいで目的の場所近くに到着。火山の近くとはいえ、似たような場所が多いので間違いがないか周りを詳しく見ていく。火山の方角と倒れている木などからおそらく問題なし。で、ここからが問題だ。三馬鹿の作った洞窟の入り口を探すのが結構手間なのだ。だが今回は、前回の失敗を踏まえて魔物の石を持参した。飛んでくるのを待つより確実だからな。

ポケットから魔物の石を取り出して「吸収はじめ」魔法を発動。石が光って、近くの岩に吸い込まれていった。……ん？　吸い込まれたけど、どうなっているんだ？　しばらくすると岩が微(かす)かに光り、魔物の石が岩から飛び出してくる。えっと、岩に何か魔法がかかっているということだろうか？　魔物の石を手元に呼んで「吸収ストップ」。動かなくなった石をポケットに入れて、岩に近づく。

「なんだかものすごく怖いな」

そっと岩に手を当てて……生温かい感触に触れる。

「ぅおっ！」

想像とあまりに違ったため、叫び声をあげて手を離す。気持ち悪い感触だ。もう一度、今度は先ほどの感触を思い出しながらゆっくりと手を当てる。やはり生温かい触り心地だ。それに柔らかい感触も伝わってくる。見た目は岩、だが感触は生温かく柔らかい……不気味だ。深呼吸して、当てていた手をぐっと中に押し込んでみる。魔物の石は中に入り込んだように見えた。つまり入れるはずだ。

「う～、何だろう。ものすごく気持ちが悪い」

得体のしれないものに手を突っ込むことになるとは。何ともいえない気持ち悪さと不気味さで逃げ出したくなる。だが、解決するためには頑張らないとな。もう少し力を込めると、手が何かを突き破った感覚があった。中は空洞になっているのか？　あれ？　手を使わなくても、魔法で中を確かめることができるのではないか？　うん、できるよな？　はぁ、もっと早く気付こうよ。

「……馬鹿だな俺は」

腕を岩から引き出して、様子を見てみる。特に怪我もなく、違和感もない。よかった。腕を出したら血まみれとか恐ろしすぎる。

さて、岩のように見えるけど違うようだし、これはいったいなんなんだろう？　岩に手を当てて魔力を流してみるが、拒絶されているようで流した魔力が押し戻される感覚がある。新しい神力もどきで試してみるか。流す力の種類を変えると、スーッと岩に力が染み通る。さすが新しい力だ。

で、とりあえず効力があるなら何を試してみようかな?

「とりあえず中の様子を見たいな」

色のついた岩が透明になっていくイメージを作り新しい力で発動する。

「透明化」

岩がふわっと光ったかと思うと色がスーッと消えていく。しばらくすると、透明な何かに守られた通路が出現した。

「ぅわ……これはちょっと」

子天使がいた洞窟は二つとも綺麗に整頓されていた。魔法で綺麗にしていたのか、埃も少なくこざっぱりした印象だった。だが、目の前にある今回の洞窟はどことなくどんよりとしている。何かが起こりそうな、不気味な雰囲気なのだ。ホラー映画とかで出てくるような……いやなことを想像してしまった。首を横に振って、想像したものを慌てて打ち消す。俺はホラーは苦手なんだよ!

「う～、この中には行きたくないな～」

どう見ても不気味だ。絶対に何か起こる雰囲気だって。まぁ、三馬鹿の作ったものだ。碌なものじゃないのは分かっているのだが。行くしかないよなぁ。

「頑張れ俺!」

ホラー感満載の通路をそろそろと一歩踏みだす。湿気はあまり感じない。ただ、どんよりとした空気を感じる。しかも、ちょっと暗い。

「あっ、明かりをつけたらいいんだ」

そうだ。このホラー感は暗さも影響しているはず。明かりを足して少しでも感じているものを薄めよう。明かり魔法を数回発動して、通路を明るくする。

「よし！」

どことなく感じていた気持ち悪さが明かりで薄れた。よかった。心底ホッとする。すると親玉さんが先頭切って歩きだしてくれた。ものすごく安心感があるな。うん、ついていこう。しばらく歩くと、薄暗い洞窟には違和感しか覚えないような豪華な扉があった。扉の周りは埃（ほこり）や煤（すす）で薄汚れているが、なぜか扉だけは綺麗で、それが余計に不気味な印象を与える。絶対何かある。

「こんな洞窟で、扉だけを綺麗に飾り付ける意味って何なんだ？　目立たせるため？」

まぁ、それなら成功しているな。とりあえず、扉を押してみるか。どうせ何か仕掛けがしてあって開かない……。

「ギィ～」

……開くのか。ちょっと開いてほしくなかったような気がするな。はぁ、よし！　扉をぐっと押して中が見えるようにする。

「えっ！」

棺桶（かんおけ）の次は卵？　しかも透明で中が見えているけど……頭が三つある犬？　アレ？　頭が三つある犬ってどこかで聞いたことがあるような……。俺でも知っているということは有名な生き物か？まぁ、それ以前に生きているのか？　透明な卵に近づくが中にいる生き物はピクリとも動かない。死んでいるのか？　そっと卵に触れると、温かい。温かいということは生きていると思っていいのだろう。さて、どうするべきか。

197. 威嚇(いかく)された！……ありがとう。

正直、見なかったことにして帰りたい。……駄目だよな。はぁ、それにしても、透明な卵か。卵は欲しいと思っていたが……これは違う。残念だ。

卵に触れていた手を離して、中をもう一度よく見てみる。どう見ても三匹の犬ではなくて、三つの頭を持っている一匹の犬？　いや、そんな犬なんていないはずだ。魔物かな。三つの頭を持つ魔物……やっぱりどこかで聞いたフレーズだ。妹か？　ん～、思い出せないな。しかし……不細工だな。卵の中の犬もどきの顔なのだが、怖いだけでなく不細工だ。

「ガチガチ、ガチガチ、ガチガチ、ガチガチ……」

ん？　何の音だ？

「ガチガチ、ガチガチ、ガチガチ、ガチガチ……」

周りに視線を向けると、親玉さんが口を鳴らしている。親蜘蛛さん達も同じ行動をしている。たぶん俺が思うに、これは威嚇だと思う。

「……えっ！　威嚇！　なんで？」

親玉さん達の雰囲気に体が硬直する。かなり怖い。というか、気が付くと親アリさん達も威嚇音

を出している。怖すぎる。逃げだしていいかな？　どこに？　あれ？　この場所って、空間の一番奥だ。出入り口は親アリさんの後ろか～、逃げられない!!

「落ち着け俺！　ってこの世界に来て何度目だ。はぁ～、とりあえず状況判断だな」

えっと親玉さん達はなぜ威嚇をするのか。俺に向かって威嚇しているようだが……ん？　俺ではなくて俺の後ろ？　あっ、卵にか。……あっ、なるほど卵か。

「ふぅ～、ビビらせないでくれ。襲われるのかと一瞬意識が遠のきかけた」

親玉さんに襲われて、逃げられる可能性は皆無だ。絶対に無理だと断言できてしまう。威嚇が俺にではないと分かった安心感から、力が抜けて卵に寄りかかって座り込む。

「ガチガチ、ガチガチ、ガチガチ、ガチガチ……」

次の瞬間威嚇音が大きくなる。それにまたしても、体がビクつく。あ～、いまのは俺のせいだな。卵からそっと体を離す。それにしても、なぜこんなに卵に対して威嚇しているのだ？

「何かあるのか？」

卵の中の様子を見るが、ピクリとも動く様子はない。なのに威嚇の様子からは、本気が窺える。不細工以外に……まぁ、頭が三つあることはこのさい除外して。見た感じまだ子供だよな。子犬魔物？　卵の中にいるのだから生まれていない？

「「「チガチ、ガチガチ、ガチガチ、ガチガチ……」」」

俺に向かって威嚇しているわけではないと分かっていても、やっぱり怖すぎる。音が気になって考えられないし。とりあえず、親玉さん達を落ち着かせよう。威嚇している意味が分かっていないので、それが正解かどうかは分からないが。とりあえず、怖いから！

「親玉さん。落ち着いて、どうどう」

ん？……これは馬を落ち着かせる時の掛け声だっけ？　まぁ、落ち着いてくれるなら何でもいいんだけど。

「親玉さん、大丈夫だと思うから。というか、生まれて？　いないんだし。何もないよ……たぶん？」

言葉が通じていたら何とも情けない説得だよな。しかし、これ以上の言葉が浮かばない。本当に大丈夫かどうかなんて分からないし。親玉さんは威嚇音を止めて、俺をじっと見つめている。えっと、とりあえず。

「大丈夫だから、問題が起きてから対策を考えよう」

親玉さんの目の一つを見つめてお願いする。首を傾げる親玉さん。巨大蜘蛛が不思議そうに首を捻っている姿は、違和感があって面白いな。あはははっ、現実逃避は駄目だな。えっと、説得……駄目だ、何も思い浮かばない。しばらく親玉さんは俺の様子を見ていたが、どうやら威嚇はやめてくれたようだ。親玉さんの様子を見て、他の子達も威嚇音を出すのをやめてくれた。よかった。これで落ち着いて考えられる。

「さて、どうしよう」

親玉さんが威嚇するということは、危ない魔物なのかも知れない。このまま目が覚めない方がって違うな、生まれない方がいいのかも知れないな。このままここに放置か？　いや、それはそれで危ないよな。生まれても気付かないじゃないか。やっぱり連れて帰るべきだよな。

「はぁ、三馬鹿ども。これが何か分かるようにしていきやがれ！」

分かるものが、何か残されていないかな？　卵が置かれている空間全体に視線を走らせる。机のようなものはない。ただ、箱を見つけることができた。

「何かあるかも！」

箱に近づいてみると、蓋（ふた）はパッチン錠で留められているだけなので簡単に開けられそうだ。ちょっとドキドキしながら蓋を開ける。

「ぅげっ……あっ、違った」

箱の中には骨。見た瞬間、呪詛（じゅそ）を思い出してビクリと体が震えてしまった。だが、よく見ると人の骨ではないようだ。しかし、骨か。クソ野郎どもが！

木箱の中の骨を持ち上げる。動物か魔物の骨のようだ。卵の中の犬もどきとは骨格が違うので別の生き物だろう。以前テレビで見た馬の骨に似ているが、馬に角はなかったよな。骨には額部分に角がある。もしかして、見つけてしまった以上これも持ち帰る必要があるのか？

「もう、考えるのが面倒くさいな。全部持って帰るか」

木箱と透明の卵を見比べる。これは卵を優先的に持って帰るべきだよな。木箱は、親玉さんが持ってくれないかな？　親玉さんに木箱をさして。

「家まで運んでくれないかな？」

まぁ、通じるわけがないんだけど。えっとどうすれば通じるかな。木箱を親玉さんの前に持っていく。そして頭を下げて見た。これはお願いのジェスチャーだ。じっと見つめてくる親玉さん。……無理だったかな？　しばらく様子を見ると、八本あるうちの二本の脚が動いて木箱を体の上に乗せてくれた。

「通じた！」

ちょっとガッツポーズをとってしまう。なかなか意思の疎通が難しいので、一回で通じるとかなりうれしい。

「よろしくな」

俺の言葉に頷いてくれたようだ。通じたと信じよう。

卵を両手でそっと持ち上げると、ずっしりとした重さが伝わってくる。想像したよりも重いな。落として割らないように気をつけないとな。近くにいた親アリさん達が、警戒態勢を取ったのを視界の隅に入れる。

「大丈夫だよ……たぶん」

落とさないように両手で抱きしめて持つ。

「走って帰るのは無理だな。ゆっくりと歩いていくか」

卵を抱え外へ向かう。ほのかに温かい卵は動かしても問題がないようで、変化は見られない。そういえば、卵を取った時にも仕掛けとかはなかったな。三馬鹿にとって、この卵はそれほど重要ではないのか？　この場所での仕掛けは、洞窟内に入るための扉だけだ。そういえば通路も薄汚れていたな。ただ、最初に神力を感知しようとした時は、隠されていたのか光が現れなかった。それは、この卵を見つけてほしくなかったからではないのか？　ん～、まったく分からない。考えるだけ無駄だな。とりあえず、何もなくてよかったってことでいいか。

それよりも問題はこの卵、どこに置いておこう。俺の寝ている部屋か？　え、寝ている間に生まれたらどうすればいいんだ？　……リビングだな。いや、ウッドデッキか？

「カチカチ、カチカチカチ」

ん？　威嚇とは違う音だけど誰だ？　外に出た瞬間、威嚇音より軽めの音が耳に届く。見ると親蜘蛛さんの一匹が俺のすぐそばで音を出している。親玉さんほどではないが、大きく成長したよな。

「カチカチカチ、カチカチカチ」

えっと、きっと何かを伝えたいんだろうがさっぱりだ。とりあえず……見つめ合ってみる。って、これで伝わるんだったらどれだけ楽か。親蜘蛛さんは二本の脚をそっと俺に近づけると卵をさっと奪い取る。

「えっ！」

卵を目で追うと、親蜘蛛さんの背中に糸で固定されていく。あっ、この子、糸を出せる個体だったのか。それにしてもさっきまで威嚇していたのに、持って帰ってくれるのか？

「いいのか？　大丈夫か？」

「カチカチカチ」

大丈夫という言葉はよく使うので、なんとなく伝わるようになってきた。なのでいまのカチカチカチは、大丈夫の答えだよな。……大丈夫と言っていることにしよう。

「ありがとう」

そっと頭を撫でる。もしかして俺が持っていると割る心配があると思われたのかな？　ありえそうだな。

「カチカチカチ」

ん？　いまちょこっとだけ音程が違ったような気がするけど気のせいかな？　じっと親蜘蛛さんを見つめると、なぜか体を左右に揺さぶっている。どうやら卵が固定されているか、体を揺らして様子を見ているようだ。しばらく体を揺さぶって満足したのか、俺を見て頷いた。どうやら準備完了の合図らしい。

「そうか。だったら帰ろうか」

木箱を脚で押さえた状態で走りだす親玉さん。器用だな。その後を追うように走る。どうやら帰りも、行きと同じスピードで走れるようだ。よかった。威嚇音に緊張して疲れたから、早く帰ってゆっくり休みたい。

それにしても、卵か。他の場所にも卵があったりしないよな？　呪詛の骨は勘弁してほしいが、卵もな～。はぁ～、ほんと三馬鹿の後始末って疲れる。

198. 威嚇が怖い……必要？

「ただいま」

疲れた。三馬鹿の作った洞窟は問題なかったが、親玉さん達の威嚇で非常に疲れた。おっ、龍達だ。ん？　なんだ？　龍達の動きが止まっているけど。

「えっ！　おぉ～」

いきなり、毛糸玉が上空に向かって炎を噴いた。その炎の勢いに正直ビビる。怖すぎる。というか、なんでいきなり炎を噴いたんだ？　何か問題……あ～、龍達の視線を追うと親蜘蛛さんが持つ卵に向かっている。そうだな、親玉さんがあんなに威嚇したんだ。龍達だって、何らかの反応を見せるだろう。だからといって、いきなり炎を噴くのはどうかと思うが。それにしても龍達にまで警戒されるなんて。この犬もどきって本当に何者なんだ？　って、興奮している龍達を落ち着かせないと、第二弾の炎を噴きそうだ。

「あ～、たぶん大丈夫だから」

俺の言葉に龍達の視線が俺に向く。何だろうな、ちょっと怖い雰囲気だ。う～、頑張れ俺。

「大丈夫、だと思うから。きっと」

言葉が通じなくてよかった。いまの言い方は、通じていたら絶対にアウトだろう。今日ほど、言葉が通じていないことに感謝したことはないな。何とも、調子のいい話だ。

親蜘蛛さんの背中から降ろされた卵に近寄る。けっこうな振動があったはずだが、中の犬もどきに動いた様子は見られない。一見死んだようにしか見えないな。まぁ、よく見ると心臓の部分が微かに動いているのが分かるのだが。それにしても頭は三つあるのに、体が一つだと不便じゃないのかな？　例えば行きたい場所があるけど意見がバラバラになった時とか、大変そうだよな。なんて意味のないことを考えて、周りの不穏な気配をちょっと無視しておく。だって、龍達の殺気が怖いんだよ!?

「ハハ、俺に対してではないと分かっていても心臓に悪いな。今日は絶対に厄日だ」

周りの様子に視線を走らせると、親玉さんと龍達が集まっているのが目に入った。そういえば、あの子達って種が違うのに意思が通じているんだよな。ただ、親玉さんも龍達もお互いに違う音を発しているので言語？　とは違うと思うのだけど。どうやって通じているんだ？　アレが分かれば俺も会話に入れるかな。あ～、でもいまは「役に立たないくせに、また面倒なものを拾ってきやがって」とか言われてそうだな。……想像だけでも泣きそうだ。

ん？　卵が動いている！　って、一つ目達が移動させようとしているだけか。生まれるのかと焦ってしまった。そうだ、生まれたらどうするかも考えておかないとな。それにしても、「天使」に「皆が警戒する不細工な犬もどき」。

「はぁ～、見過ごしたにしては……」

ありえないよな。こんな大きなものを見逃すなんて。しかも……いや、まだ考えるな。これ以上はまだ考えては駄目だ。きっと見落としたんだ。いまはそれでいい。まだ、もうしばらくは彼らを信じよう。あと少しだけ。

クイッと引っ張られるので、視線を向けると一体の「一つ目」が腕を引っ張っていた。

「どうした？」

その「一つ目」は腕を離して家の方へ歩いていく。見ていると途中で立ち止まって、俺に視線を向けた。これは、ついてこいということなのであとを追う。俺が動きだすのを確かめると「一つ目」は再び家に向かって歩きだした。

「どうしたんだろう？」

家の中に入り、「一つ目」と一緒にリビングへ向かう。俺の後にはコアとチャイ、アイも来ている。その後ろには毛糸玉とふわふわが体を小さくしてついてきた。何だか仰々(ぎょうぎょう)しいな。

リビングでは子天使達がそれぞれ機嫌よく一人遊びをしているようだ。魔物の石に向かって、光が走っているのが見える。それにしても、毎日飽きずによく続くよな。あっでも、少しずつ遊ぶ時間は減っているな。やっぱり飽きてきたのかな？　違う遊び道具は……一つ目達が考えるか。まぁ、任せておこう。

俺のすべきことは卵への対応だな。卵を探すと、テーブルの上に置かれていた。転がらないようにだろう、何重にも重ねた布の上だ。テーブルに近づいて卵に手を添える。ほんのり伝わってくる熱。やっぱり生きているんだよな。これって親玉さんやシュリの卵と一緒で、魔力を流す必要があったりするのかな？　流したら生まれる？　そういえば、この卵や犬もどきの力って魔力でいいのかな？　少し調べてみるか。

卵に添えた手から、ゆっくりと力を感じとる。……ん？　あれ？　俺が知っている力とは異なるみたいだ。ということは、魔力ではない。それに三馬鹿から感じた力とも違うな。神力でもないということか。それにしても、この力はなんだろう。感じただけなのに、ものすごく寒気を感じる。しかも、気分が悪くなるな。

卵から手を離して大きく深呼吸する。掌に少し違和感があったので、見ると、

「あっ、火傷？」

掌には小さな火傷がたくさん。違和感は火傷のピリピリ感だったようだ。これって卵から感じた力にやられたってことか？　なんだか怖いな。

「やっぱり元の場所に戻した方がいいのかな？」

初めての経験に正直とても戸惑っている。まさか力を調べただけで怪我をするとか、考えてもいなかった。どうしようか。とりあえず、治すか。

「ヒール」

掌が優しい光に包まれ火傷が消えると、感じていた違和感も消えた。よかった。魔力での治療はできるらしい。治癒魔法で治せない場合は、卵を元の場所へ戻すつもりだった。さすがに、治せない傷を仲間に負わせる可能性のあるものをここには置けない。

掌を見ていると、肩にすりっとコアが顔を擦りつける。見ると、心配そうな視線を感じる。チャイもそばで様子を見ている。

「大丈夫。火傷はもう治っているから」

火傷が癒えた掌を見せてから、二匹の頭をそっと撫でる。気持ちよさそうな表情に癒やされるよな。今日は特に、精神的に疲弊しているからな。

リビングの出入り口から一つ目達と三つ目達が入ってくる。その手には、細い木。何かを作るようだ。準備を始めたのは、子天使達が寝ているすぐ隣。見ていると、ベビーベッドが組み立てられていく。ただし、天使達のものと比べるとかなり小さい。

「……まさか犬もどきのためのベッド？」

えっ、卵を寝かせる場所を作っているのか？　まぁ、確かに場所があった方がいいのだろうが。犬もどきといっても、いまは卵だ。卵にベビーベッド？　何だそのシュールな見た目は！　というか早い、もうでき上がった。

子天使のベビーベッドの隣に新たに小ぶりのベビーベッド。そして一体の一つ目が作ったばかりのベビーベッドに卵を寝かせた。そしてなぜかベッドの上に作られる魔物の石のクルクル回る玩具。

……あれは必要ないよな、絶対に。もしかして、玩具ではなくて他に意味があるのか？　設置されていく魔物の石を見る。天使達のとは違い、カラフルだ。天使達の上にあるのは透明の魔物の石だ。卵の上にあるのは、すべての色の魔物の石があるようだ。やっぱり意味があるのだろうか？

「考えてもさっぱり分からないな。はぁ、言葉に知識に足りないものばかりだな」

それにしても岩人形達ってあの卵を怖がらなかったな。毛糸玉もふわふわも、いまだに警戒しているみたいなのに。もしかして俺が作った人形達だから、あの卵が何か分かっていない可能性もあるのか。分からないものを怖がったりなど普通はしない。

「できたみたいだな」

綺麗に整えられたベッドまわり。卵に必要はないと思うが。まぁ、一つ目達が満足そうなのでいいだろう。何かあった場合、彼らが一番に気が付くだろうし。

「そう言えば、卵の力を調べていたんだった」

すっかり忘れていた。って、魔力でもなくて神力でもなくて、俺の作った力とも違う。……答えは出ないな。とりあえず、卵力？　何ともしまりのない言葉だな。触れただけで怪我をさせられる力なのに。

「それにしても力って色々あるものなんだな。日本で平凡に暮らしていたら知らなかったことだな」

……知りたかったか？　と聞かれたら、必要ないと答えるけどな。それにしても、疲れた。精神的疲労がこの頃多すぎる。三馬鹿の残しているものって精神的にくるよな～。意味の分からないものも多いし。残りは……まだ、八カ所もある。逃げ出したいかも……。

199. 力の暴走？……特訓。

ふっと意識が浮上する。体の中が熱い。毎日のことなので、これにも慣れてしまったな。慣れていい状態ではないと思うが……。

「どんどん熱さが増しているような気がする」

微かに不安が過る。少し思い当たることがある。それは、力の暴走だ。俺がこの世界で生き残れたのは、絶えず力を放出し、時には膨大な力を使っていたかららしい。神様の話では、もう止まっていると言っていたが、いまのこの世界の状態を見る限り、神様の言ったことは当てにならないだろう。いまのこの世界では、それほど膨大な力を使う機会はなくなっている。そのせいで俺の中に余分な力が溜まってしまい、それが暴走している可能性がある。だがその場合、力を放出したらいいのではと思うが、どれだけの量を放出したらいいのかが分からない。それに、その無駄な力を放出して世界に影響を与えてしまうかもしれない。他の方法は……残念ながら思いつかないんだよな。体の中の熱はしばらくすれば落ち着く。いまはまだ大丈夫だろう。それにまだ「力の暴走」と決まったわけでもないからな。もう少し様子を見るしかない。……だが、少し覚悟をしておくべきだろうな。

とりあえず、今日も………はぁ、三馬鹿の対応か。やめたいな～。ほんと、嫌だ。三馬鹿をこの世界に連れてきてほしい。そうしたら、思いっきり心の底から罵倒するのに。というか、次に神様が来たら絶対に怒鳴りつけるだろうな。

あ～、このまま冬眠したい、夏だけど。って、何を馬鹿なことをグダグダと。

「本当に嫌なことを目の前にすると、人は何とか回避しようと無駄なことを考えるんだな」

……これも無駄なことだが。はぁ～。逃げていても仕方ない、頑張るか。頑張れるかな？　いや、やるしかないか。

「あ～、グダグダと鬱陶しい！」

自分のことだが、意気地がない。

「頑張れ俺！」

……なんだかちょっと恥ずかしいな。周りを見る。誰もいない。よかった。

少し重く感じる体を動かして、リビングへ向かう。リビングに入ると、子天使達が飛び回っていた。

「おっ、二人とも飛べるようになったんだな。って危ないぞ」

部屋中をなぜかグルグル、グルグル。何をしているんだ？……追いかけっこ？　追いかけられている天使は、手に何かを持っているな。あれは、パン？

「パンを食べられるようになったのか？」

で、どうして一つのパンを取り合っているんだ？

机を見る。焼き立てのパンが置いてある。美味そうだ。あのパンと天使が手に持っているパンは違うものなのか？　しばらくリビングの入り口で様子を見ていると、キッチンから一個のパンを持った一つ目が出てくる。追いかけていた方の天使がスッと一つ目に近づくとパンを受け取って、ベビーベッドへ飛んでいった。

「ん～、さっぱり意味が分からない」

ベビーベッドへ近づいて様子を見る。パンに齧りつく天使。何気に癒やされる。あっ、何か挟んである。あの色は、蜜かな。蜂蜜みたいな甘い蜜が取れる花がある。その蜜が塗ってあるパンだったのか。なるほど、天使達は二人とも甘党か。

「おはよう、ごはん食べる」

ウサの声に、朝の挨拶をしながら椅子に座る。すぐさま、スープが運ばれてくる。今日の朝食は、燻製した肉が入ったスープに果物のソースがかかったサラダ。いつ食べても美味しい。パンも……豆パンか。初めて出てきたが美味い。

あっ、卵の様子を見るのを忘れていた。卵が寝ている？　ベビーベッドを見る。ここからでは見えない。後でいいか。いまは食事を楽しもう。

「あ～、美味しい」

そういえば、今日は暑さが落ち着いている。この世界の激暑の時期は過ぎたのか？　去年より、ちょっと短いな。

「ごちそうさまでした」

「「ごちそうさまでした」」

ウサとクウヒと一緒にお皿を片付ける。さすがに、すべてを一つ目達にしてもらうわけにはいかない。しっかりと自分のことは自分でしなくては……できる範囲で。

「さて、卵は？」

卵が寝ている？　ベビーベッドへ近づく。ちらりと天使達を見ると、一人は食べ終わって寝ているようだ。もう一人はパンを咥えたまま寝ている。この子は追いかけていた方の天使だな。どうやら、頑張りすぎたようだ。パンが邪魔だろうと、取ろうとするとうっすらと目を開けて口を動かす。

……食べるのか。すごい、根性だ。まぁ、一つ目達に任せよう。それにしても。

「本当に可愛い」

違う、卵の様子を見にきたんだった。卵に視線を向けると、視線が合った。……視線が合う？　不思議に思ってよく見てみると、卵の中の三つある頭の一つの目が開いて俺を見ている。

「あぁ、目を覚ました……って違うな。見えているのか、これ」

ちょっと手を振ってみる。それに合わせるように視線が動く。

「見えているのか」

卵が透明なので外の様子が見えるのか。というか、えっと……生まれるのか？　どうしようかと考えていると、起きていた目がスッと閉じた。そして、動かなくなった。どうやら寝たらしい？　よかった。いま生まれたら、パニックになる自信がある。はぁ、もうしばらくこのままでいてほしい。とりあえず、三馬鹿が残した問題の対応が済むまで。

「とりあえず、もうしばらくゆっくり寝ていてくれ。よろしくな」

卵をゆっくりと撫でる。ん？　ちょっと揺れた？　って、卵が揺れるわけないよな。それにしても、目を覚ましてもやっぱり不細工だったな。もう少し可愛げが……期待はしない方がいいか。何だろう、目がものすごく吊り上がって細いから？　口がちょっと裂け気味に見えるぐらい大きいから？　ん～、すべてのバランスがちょっと残念なんだよな。そういえば、目の色は真っ赤だったな。子犬もどきのくせに、ものすごい目力があった。視線が合った瞬間、なんだかぞわっとした恐怖を感じたからな。

ウッドデッキから見る庭は、なぜか龍達が占領している。そういえば、龍達が訓練をしているのを初めて見るな。何か心境の変化でもあったのだろうか？

「それにしても、すごい迫力だ」

昔テレビでやっていた怪獣戦争の映画が再現されているようだな。それにしても、龍達の魔法ってやっぱりすごい威力だな。あっ、火柱が上がった。おっ、氷の槍が地面に突き刺さったぞ。……雷って何もない空中からでも作れるんだな。ん～、吹雪で視界が奪われたので何をしているのか分からないが、音だけでもすごいことはわかるな。とりあえず、龍達は絶対に怒らせないようにしよう。俺には優しいが、調子に乗らないように気をつけないとな。

それにしても怪我とか大丈夫かな？　ときどき子蜘蛛達とかちびアリ達が、特訓で怪我をしているのだが。あんなすごい攻撃の怪我とか、命に関わるのでは？　あ、吹雪が止まった。白く覆われていた視界が晴れてくると、龍達の無事な姿が目に入る。よかった、怪我はしていないようだ。どうやら特訓も終わりらしい。庭を覆っていた結界が消えるのを感じた。

そういえば、誰が結界を担当していたんだ？　あの龍達の魔法を防ぎきるとか、すごすぎる。庭を見渡すと、ほとんど全員が特訓を見ていたようだ。さすがに、龍達の訓練に突進する猛者はいなかったようだな。おっ、あれはコアと親玉さんか？　二匹の周りに、魔法を発動する時に現れる力の揺れを感じた。結界はあの二匹が力を合わせたのかもしれない。

龍達が、三メートルぐらいのサイズになってからウッドデッキに向かって飛んでくる。ちょっと皆、ふらふらしているように見える。

「大丈夫か？」

声を掛けると、しっかりと頷かれた。大丈夫と言う言葉は、意味までしっかり伝わっているので問題ないだろう。

さて、三馬鹿の残した問題の場所はあと八カ所。そのうち四カ所はすごく遠いんだよな。俺の家が森のほぼ中心部にあるんだが、四カ所は森のはずれ。森から出る少し手前に反応があった。しかもこの四カ所をつなげるとほぼ正方形。五芒星のことがあっていろいろ見ていたら分かったことなんだが。これにも意味があったりするのだろうか？

「クゥ〜ン」

腕にすりっと顔を擦りつけるチャイ。視線を向けると心配そうな表情をしている。どうやら考え込んでいたため、心配をかけたようだ。

「大丈夫。優しいなチャイは」

頭を思いっきり撫でる。気持ちがいいのか、すりすりと頭を擦りつけてくるのだがなんせ力が強い。足に力を入れてふらつかないようにする。撫でる行為も全身運動だ。甘えてくれるのはうれしいが、見た目以上にハードなんだよな。

「チャイ、そろそろ問題の場所に行こうか」

そろそろ後ろに倒されそうだ。その前にやめよう。

「クゥ」

チャイは俺から離れるとコアにそっと寄り添う。……本当に仲がいいな。

「さて、近場から制覇(せいは)していきますか」

昨日の夜、場所は確かめておいた。浮かぶ島がある湖を越えて、すぐの場所だ。呪詛の骨でも天使でも卵でもありませんようにと、心の中で祈る。ただ、神様に祈るのは心情的に嫌だったので、俺がいた日本の家の近くにあった樹齢二六〇〇年といわれる御神木に祈る。クスノキの老木で御神木としても有名だ。神様より頼りになると思う。ちょっとこの世界から遠いのが難点だが、まぁ思いは届くと信じよう。

200. こんな日も……遊ぼう？

「増えているし。デカくなっているし。……ついでに光ってるとか、理解の限界だ」

どれから突っ込んだらいいんだ？　というか、三馬鹿への対応で限界だから他のことで驚かすのはやめてほしい。

湖に到着してみれば、以前確認した浮かぶ島……だけではなかった。それにプラスして二つ島が浮いていたので湖の上には島が三つ。増えるのか……どこまで増えるんだ？　まさか、このままどんどん増えたりしないよな？　この世界は三馬鹿が作ったからな、ちょっと不安だ。

しかも、最初の島はどう見ても大きくなっている。そして何より、島全体がうっすらと緑に光っている。浮かぶ島に、いろいろ詰め込みすぎだろうと思う。まぁ、コアもチャイも慌てていないし、感じる魔力はアメーバ達のものだし問題ないのかな。

「これは無視して通っても問題ないよな？　ないと思って突き進もう」

色々気になるがいまは三馬鹿への対応が先だ。これ以上動揺する光景がないことを祈ろう。……本当に頼むから！

空中にある三つの島を横目に、神力を探知した場所を目指す。どこを見ても木々ばかり、本当に見分けがつかないな。ポケットから魔物の石を取り出し、力を込める。

「神力、捜索」

手の中にあった魔物の石が淡い光を発光すると、空中に浮かんだ。そして周辺をくるくると回って、しばらくすると森の中を飛んでいく。その後を追うのだが……少し速すぎる。

「ゆっくり〜！」

意思が通じたのか、少しだけゆっくりと進むようになった石を必死に追う。魔法を発動する時のイメージに改良の余地ありだな。速すぎる！　しばらくすると、石はピタリと空中で動きを止めた。何とか見失わずに済んだようだ。それにしても、疲れた。この体になってから、初めて呼吸が乱れたような気がする。全身で呼吸しながら周りを見ると……石像？　人の石像なのだが、ずいぶんと整った顔だな。誰だろう？　俺は三馬鹿の姿を見たことがない。声だけだったからな。もしかしたら三馬鹿の誰かだろうか？

「……あいつらの誰かだったら潰したいが、誰なんだ？」

とりあえず手を翳（かざ）して、力を調べる。間違いなく三馬鹿から感じた神力だ。しかし、なんでまた石像なんだ？　これにどんな意味があるんだろう。そういえば、昔読んだ小説に像を動かすと台座の下から階段が現れるなんて話があったな。

「動いたりして」

像に手を掛けてグッと力を込める。さすがに動くわけがないか。残念。ん〜、……壊していいかな？　家に移動させるとか面倒くさいし、知らない人物像とか気持ち悪いし。石像を見る。綺麗な顔をした人物だ。ただよく見ると、少し人を見下したような表情に見えるような……。

「……よし、潰そう」

何だか見ているとイラッとした。

神力に勝るのは新しい力だな。掌に新しい力の玉を作り出す。破壊するイメージを作って……。

「粉砕！」

掌を前にして、作っておいた力の玉を勢いよく石像にぶつける。……ん？　何も起こらない？

ピシッ。

あっ、ヒビが入った。

……ピシッ、ピシッ……ビシビシビシッ。

石像に入ったヒビが、どんどん広がっていく。そのたびに、すごい音が森の中に響く。三メートルぐらいの石像なのだが、こんなに音が響くものだろうか？　もしかすると、壊すと何か仕掛けが発動したりして。やばい、それを考えていなかったな。

「ちょっと、無謀すぎたか？」

潰す前にいろいろ調べた方がよかったか？　まぁ、いまさら手遅れなんだが。目の前では、石像がどんどん粉砕されていく。

「あれ？…………何も起きないみたいだな。はぁ、音だけか」

石像が完全に崩れ落ち、あたりに森の声だけが聞こえるようになる。魔物達の声、川の流れの音、木々を揺らす音。それ以外に音はなく、何かが発動する様子もない。本当に石像があっただけ？

まぁ、確かに神力を調べた時にこの場所の光はかなり弱かった。似たような場所があと三カ所あるが。いままでのことがあるため、なんとなく何かあるだろうと考えてしまうのだが。いや、もしかしたらこれから何かが起こるかも知れない。

しばらく様子を見るために、警戒しながら周りを見る。……本当に、何も起こる様子がない。静かな森だ。いままで色々あったので、ないのはうれしいがこれはこれでなんとなく納得できない。

いや、何も起こらなかったことを喜ぶべきなのだろう。

石像があった場所に警戒しながら近づき、周りを見てみる。残骸があるだけで、問題となるものは一切ないようだ。……まぁ、よかったんだ。うん、何もないことが一番だよな。そうだ、そう納得しよう。

んっ？　残骸の中に神力とは違う力を微かに感じとった。何だろう。知っている力のようなのだが。何だっけ？

「グルル」

……コアとチャイの唸る声が隣から聞こえる。昨日に続き、どうしてこうビビらせられるかな。

いや、二匹とも俺をビビらせようと思っているわけではないはずだ。ただ、俺が勝手にビビっているだけだ。大丈夫。そっと隣を見ると二匹の視線は残骸に向いている。それにホッとして体から力を抜く。

……あっ、分かった。微かに感じる力は卵から感じる力と同じなんだ。なるほど、だから反応したのか。もっと早く気が付けば、ここまでビビることもなかったのに。もしかして、また卵？　残骸をそっとよけていく。

「これか？」

手の中にすっぽり収まる大きさの、黒光りしている石。ちょっと見た目が異なるが、魔物の石だろうか？　出てきた石を手に持ってみるが、特に何も起こらない。

「グル？」

コアの唸り声が少し変わった。見ると、首を傾げて石を見ている。どうやらコアも、まさか石が出てくるとは思わなかったようだ。予想外の声は、意外に可愛い。まぁ、低音なので通常の唸り声と比較してだが。

「これ、どうしようか？」

間違いなく感じる力は卵と一緒だ。そういえば、卵の中の犬もどき達？　……でいいのか？　あれは一匹なのか三匹なのか。って、また無駄なことを考えているな。えっと、一匹だろうきっと。で、あの子は少し弱っている印象があるんだよな。この石の力、役に立たないかな？　せっかく助けた？　のだから生まれて……ほしいような、ほしくないような。親玉さんが本気で威嚇していたからな～。とはいえ、拾った以上は責任を持たないとな。役に立つ可能性を考えて、石をあの子達に持って帰ってあげよう。

とりあえず、今日はこれで終わりだ。予想外に簡単だった。

「ぅわっ！」

気が緩んでいたのか、不意に背中を押されてしまう。力が強かったため、土から出ている木の根っこに顔面強打。さすがに痛い。顔を手で押さえて呻く。コアとチャイが、周りをくるくると歩き回っている様子が窺える。心配してくれているのだろうが、ちょっと待ってほしい。痛みが引くまで。それにしても久しぶりに、こけたな。最近はなかったのに……なんだろうちょっと悔しい。

「ありがとう、大丈夫だ」

ヒールの魔法を思い出したので、急いで発動させる。痛みがスーッと引いていくことにホッとする。手を見ると、赤い。どうやら鼻血が出ていたらしい。

「……クリーン……はぁ」

何が突進してきたのかと、確認するが。……えっと、アメーバ。ん？　アメーバ？　あれ？　何度も瞬きをして確認する。……アメーバの気配なのだが……知っているアメーバと姿が違う。透き通るような透明感は同じなのだが、姿が元いた世界のクリオネにそっくりだ。まぁ、三メートル近い大きさなので可愛らしさはちょっと足りないが。そのクリオネもどきが羽をパタパタと動かして、空中に浮いていた。今日は浮いているものに縁があるようだ。

「アメーバだよな？　でも、姿が違うし……」

どうしていいのか分からず、とりあえず触ってみる。アメーバを触った時と同じような触り心地だ。蒟蒻(こんにゃく)を柔らかくしたような、何気に気持ちがいいのだ。

アメーバも進化したということか？　まぁ、これが進化といえるかどうかは不明だが。考え込んでいると、目の前のクリオネの姿がドロッと形を崩した。

「うぉっ！」

びっくりした～。何？　何が起きているんだ？　地面に崩れ落ちたアメーバを横目で見る。あっ、動いているということは生きているな。……うん、あれは死んでないようだ。でも、何が起きたんだ？　ん？　あれ？

「……えっ、何これ……」

目の前のアメーバは崩れた形が再度、何かの形になっていく。死んだわけじゃなかったのは安心したが、何が起こっているんだ？　ドキドキしながらアメーバを見る。

「えっ！　これって……」

アメーバが作りだしたのは、透明の蜘蛛。目の位置や体の形から考えて、どうやら親玉さんを真似たようだ。現れた蜘蛛は、クルクルと空中を楽しそうに飛んで俺の目の前まできた。

「もしかして俺、アメーバに遊ばれたのか？」

そう言えば、このところ三馬鹿の対応でアメーバ達と遊んでいないな。もしかして遊ぼうと誘われているのか？　目の前で飛んでいる透明の親玉さんは、俺を見て首を傾げている。……可愛いけどな。違う方法で遊びに誘ってほしい。アメーバが腐ったのかと、焦った。

「はぁ。夢見が悪そうだな」

201. ぎゃ～！……悪魔犬？

「ぎゃ～……ちょっと、速い速い！　ぅわっ！　もっと低く～」

卵と似た力を持った石？　の回収だけだったため気持ちに余裕があった。なので、アメーバ達に誘われるままに遊んでいたのだが。いまは、恐怖の真っただ中にいる。

アメーバは透明なので、乗るのに少しだけ勇気が必要になる。なぜならアメーバの体は一切濁りなどない透明なので、本当に下がしっかり見える。そのため上空で足元を見ると、空中に投げ出されたような心細さを感じる。手に持ったアメーバが作ってくれた取っ手の感触だけが頼りなのだ。

アメーバも最初は、ゆっくり飛んでくれていたのだ。なので安心していたのだが、コアとチャイがアメーバの周りをくるくる、くるくる。それが気になったのか、いつの間にかコアとチャイを追いかける状態になってしまった。しかもなぜか、コアとチャイがスピードを上げダッシュ。やばいと思った時には遅かった。アメーバはコアとチャイを追いかけて、どんどんスピードが上がる。手で持っていた取っ手を抱え込むようにして持つが、時々体が浮いているのが分かる。アメーバ達が飽きるのを待つしかないのだが。

「落ちる～！　死ぬ～～～！」

森の中に、俺の情けない声がこだましている。今日、一緒に来ていたアイの子供達が、コアとチヤイに向かって遠吠えをしている。それに煽られているのか、コアとチャイの走るスピードが上がる。そうなるとアメーバのスピードも……。何と言うか、アメーバってこんなに速く空中を飛べたのか。それに驚きだ。こんな状態で知りたくなかったが！

「ぅお～、ちょっ……」

時間にしてはそれほど長くない。たぶん一〇分ぐらいだろうか。俺としては、永遠とも思える時間だったが。

「疲れた……死ぬかと思った……」

ようやく終わった追いかけっこ。地面に降り立つと、全身の力が抜けてその場に倒れ込む。ずっと体に力を込めてアメーバにしがみついていたので、体全体が悲鳴をあげている。酷使しすぎだ。っていうか、今日は何をしにここに来たんだっけ？　……あっ、三馬鹿への対応だ。アレが早く終わったから、アメーバ達と遊んでこうなったと。三馬鹿どものせいだ、石像だけとか何なんだよ。こんちくしょう！

「穏やかに遊ぶ方法って何かないかな。それにしても体が動かん」

何とか体が動く状態になったので、立ち上がる。足は大丈夫だが、しがみついていた腕の痺れが収まらない。あっ、……忘れていた。

「魔法が使えるんだった……なんですぐに思い出さないかな。はぁ……ヒール」

スーッと消える痺れと痛み。魔法って最高だな～。……さて、家に帰ろう。とっとと帰って休もう。

「いや、もう乗らないよ。絶対に乗らないから。……本当に今日は勘弁して」

アメーバ達の表情は読みづらいが、一緒にいる時間が長くなればある程度読めるようになる。その顔が、断るたびに悲しそうに歪む。絶対無理。今日は無理。本当に……。うっ、そんな顔したって負けないからな！

「……ゆっくりだったら、まぁいいぞ。本当にゆっくりだからな」

何で折れるんだ俺！　悲しそうな表情に弱すぎる。仕方ない、気合を入れよう。

よかった、帰りはゆっくりだ。俺の状態を見て少し反省をしてくれたのだろうか？　それだったらうれしいが。

家が見えてくると、心の底からホッとした。ヒールの魔法で、体の痺れや疲れは取れたが心労はなくなってくれない。遊ぶのも命がけとかありえないだろう。はぁ、この世界はハードだ。

家に入り、リビングに向かう。卵の様子を見るためと、力の石を卵に与えるためだ。

リビングに入ると、土龍の飛びトカゲが卵が眠るベッドの近くで寝そべっていた。俺が入ると顔を上げて確かめてくるので、手を上げて挨拶してみる。

「グルッ」

……鳴いた！　えっ、あれ？　いままで龍達の声って聞いたことがないよな。思い出してみるが、記憶にない。威嚇音は聞いたことがあるが。

「鳴けるのか？」

「グルッ」

鳴くというより、喉が鳴っている感じだな。でも、まぁちょっとうれしいな。挨拶を返してくれるのって。

「おあけり」

「おかえり」

ウサとクウヒの声が後ろから聞こえた。どうやら畑仕事を手伝っていたようだ。ウサは時々言葉を噛むな、クウヒの方は完璧（かんぺき）だ。

「ただいま、ご苦労様」

ご苦労という言葉は未だに分かっていないので、二人とも少しだけ首を傾げる。ニュアンス的に、労（いた）わっているということは理解しているようだが。

さて、卵はどうしているかな？　卵が置いてあるベッドを確認する。三匹分の表情を確かめるが、目を閉じて寝ているようだ。持って帰ってきた石を、鞄から取り出す。飛びトカゲがぐっと顔を持ち上げて、力を持った石を見ている。やはり、この力にかなり反応を示すな。

「いったい何の力なんだろうな？　魔法は魔力、神様達が使うのが神力。他に何があるんだ？」

龍達は神様の使いというイメージだな。その龍達がこれほど反応を示すとなれば、敵対関係の力か？　神様の敵といえば……ん？　悪魔？　ハハハ、悪魔なんて……神様がいるんだからいたりして。卵の中の子犬もどきを見る。悪魔犬？　いまの状態は、かなり弱々しいのだが。手に持っている、力を発している石を見る。悪魔だった場合、目が覚めたら龍達と殺し合いでもしたりするのかな？　それは駄目だ。

確かに拾った以上、面倒を見る覚悟はあるが犬もどきより龍達の方が優先だ。だが、悪魔犬と決まったわけではないし。ふ～、弱っているのを見ないふりって難しいな。何か起きたら、起きた時だ！

手に持った石を……どうしたらいいんだ？　石の力は、やはり卵から感じる力と同じだ。なので弱っている様子だから力をあげたいのだが、方法が分からない。そもそも、力ってあげることができるのか？

「何も考えてないな俺。どうして力をあげられると考えたんだ？」

はぁ、んっ？　手に持っていた石が少し温かくなったような気がしたので、視線を向ける。見た目に変化はないが、少しずつ温かさが増している。とりあえず卵の近くに置いたら反応したりしないかな。

ベッドの中に石を置いてみる。特に変化はない。やはり無理があるか。石を取ろうとすると、石の中から小さな黒い光が飛び出してきた。そして卵の中に吸収される。

「まさかうまくいくとは、驚きだ。しかし、何も考えずに与えたが、問題は起きないよな？」

卵の中の様子を見るが、特に変化は見られない。様子を見ていた飛びトカゲも、卵をじっと見ているだけだ。

「大丈夫そうだな。特に問題もないようだ」

黒い光が飛び出していった石を手にもつ。先ほど感じた温かさは感じない。あったはずの力も消えている。本当に、卵に移動したようだ。

もう一度卵を見ると、透明な卵がうっすらと白く濁っていた。えっと、問題ないよね？　まだ中が見えるぐらいの濁り方なので、中の犬もどきを確認する。中の一匹が目を開けているのが分かった。手を少し振ってみると、視線が合う。

その瞬間、背中をぞくりと何かが駆け上がる。寒気というか、恐怖というか。前も視線が合った時に感じたな。……やっぱり悪魔犬なんだろうか？

「大丈夫だよな？」

かなり不安だが、なんとなくすべて手遅れだと感じる。それに、目が合った犬もどきなのだが以前より俺を見る視線が優しいような気がする。たぶん、きっと……俺の願望ではないはずだ。なのでそれを信じよう。

しばらく見つめ合っていると、ふっと目を閉じて寝てしまった。まだ弱々しさが窺える。そういえば、今回の場所と似た場所があと三カ所あったな。ちょっと急いで確認しに行くか。

卵の中の犬もどきを見る。三つの頭のうち目を覚ますのは、いつも同じ一匹だ。他の二匹は目を開けることなく、ずっと眠っている。その二匹のうちの一匹なのだが、少し呼吸が荒い。卵を見た時から気になっていたのだが、解決方法が何もないため困っていたのだ。石像にあった力が解決してくれるかどうかは不明だが、やるだけのことはしないとな。

「なるべく早く力を持ってくるからな」

俺の言葉が聞こえたのか、初めて尻尾が揺れた。ちょっとは元気になっているのかな？

「グル？」

俺の隣で飛びトカゲが喉を鳴らすが、その語尾が上がっている。横を見ると、飛びトカゲの額にくっきりと皺が刻み込まれている。龍の眉間に皺。何ともミスマッチだが、困った感じで可愛いな。

「大丈夫だと思うぞ」

いまの犬もどきの反応を見てそう感じたので信じることにする。不細工だが、反応は可愛いのだから。……すっごい、不細工だが。

その日の夜は自分が腐っていく夢を見た。アメーバのせいだ。

202. 土龍二　飛びトカゲ。

―トカゲに間違えられている土龍視点―


目の前にある玉寝を見る。中にはケルベロスの子供が眠っている。かなり弱っているが、主が持ってきた魔界の力が込められた石「魔界の雫」で少し回復したようだ。

しかし、この世界に魔界の門番の子がいるとは驚きだ。最初に見た時、無意識に攻撃態勢に入ってしまったからな。子供とはいえ、我々と同じようにかなりの力を有している存在。けして、気を許していい存在ではないのだ。主は平然としているが……。

しかもこの玉寝、おかしな術式が施されている。調べてみたが、何らかの力で拒否されてしまった。まったく厄介なことだ。

「問題ないか？」

毛糸玉が不安げなようすで声をかけてくる。

「あぁ、主が『魔界の雫』を持ってきたから少し回復した。とはいえ、まだ不安定だが」

「……大丈夫なのか？　これは魔界の化け物の子だぞ」

「主が大丈夫と判断したのだから、問題ないだろう」

先ほどは、主に向かって尻尾を振ったような気がしたしな。魔界の者が神に準ずる力を持つ者に、媚(こび)を売ることはない……はずだが。主には不思議な魅力があるからな、魔界の者ですら手なずけるかもしれない。我々が心酔しているように。

「しかし、天使に魔界の門番。あいつ等は何がしたかったのか」

毛糸玉が呆れた声を出す。それに同意しかけるが、ある情報が頭の中に流れる。

我々龍には、生まれながらにして知識が埋め込まれている。それは、世界を壊さないための予防策。強い力は、守りにもなるが破壊にも繋(つな)がるのだ。

強い力を持った龍が生まれ、それが何者かによって利用された時、世界は大変なことになる。それを防ぐための対策として、生まれた瞬間に、利用されないよう様々な知識が埋め込まれるのだ。知識があれば利用されることを防げるという考え方だ。まぁ、この情報も知識として埋め込まれたものなので、正直どこまで信じていいのか不明だが。

天界の子供に魔界の子供。この二つを考えた時、ある知識が不意によみがえってきた。

ふ～、この感覚は何度体験しても苦手だ。何かをきっかけにして、いきなり知識が頭の中を駆け巡るのだ。それがいつ起こるのか分からないため、不意打ちが多くとても不快な気持ちになる。

「どうした？　怖い顔になっているぞ？」

「大丈夫だ。お主の知識にはないのか？　天界の子供と魔界の子供だ」

俺の言葉に、毛糸玉が首を傾げる。しかし、しばらくすると毛糸玉の表情が不快に歪んだ。どうやら知識を得たらしい。

「はぁ、まったく。『天界の子供の血を捧げ、魔界の子供の血を捧げ』か？」

「そうだ」

埋め込まれていた知識に、「天界の子供の血と魔界の子供の血を魔幸石(まこうせき)に捧げ、新たな力を授からん」とある。魔幸石という石に、この目の前の者達の血を捧げると新しい力を得られるということらしい。ただ、魔幸石というものが何なのか知識はない。何とも中途半端な情報を埋め込まれたものだ。

「飛びトカゲ、情報が中途半端だと思うのだが」

「あぁ、魔幸石についてだけ何も情報がないな」

「おかしいな。いままで埋め込まれていた知識にこんなことはなかった。魔幸石というものがそれだけ危険だからか？」

「おそらくそうだろう。やはり魔幸石については何も知識が埋め込まれていないな。あっ、でも強力な石や危険な石を考えると、上級神が作ったとされる伝説の石の知識が出てきたぞ」

「ん？　ちょっと待ってくれ……。これか？　上級神数十名の力で生まれた意思を持った伝説の石」

「そうだ。しかし、これも中途半端だな。石の名前や大きさ、形などの情報が一切ない」

「確かに、何も出てこないな。石が持っているだろう力についての情報もだ」

何とも不気味だな。情報を持つと危ないと考えたのならば、すべての情報を隠すだろう。もしくは、危ない石だと忠告するはず。だが、現実は何とも中途半端な情報だけだ。何らかの意図が働いているように感じる。それが何なのか……………ふ～、考えても分からないな。

「考えすぎて頭が痛くなってきた。そういえば、このおかしな術式は何だ？」

毛糸玉が玉寝に刻まれた術式を指して聞いてくる。

「分からん。だが、主が何か込めて呟(つぶや)くと少しずつ、力を失っていっている」

「そうなのか？」

「あぁ、主の言葉が理解できればわかるのだろうが。残念だ」

何を言っているのか、聞き取ろうとするが理解できない。名前の部分は何とか聞こえるのだが。

しかし、主が玉寝に何かを言う時のあの光はとても綺麗だ。主からふわりと、柔らかい光が玉寝を包み込むのだが何とも言えない神聖さがある。

「森の仲間に不審な石がないか探させようか？」

「ん？　あぁ、魔幸石か？」

「あぁ、どんな石なのか分からないので探すのが難しいが」

「そうだな。何か違和感のある石があれば、報告をしてくれと言ってくれ」

「分かった。森の外も調べた方がいいだろうか？」

「あぁ、しかし森の外か。俺達が飛ぶと騒ぎになるだろうな、どうやって調べるか」

「そうだな。さすがに俺達が飛び回るのはな……」

一応、森の王として存在している我々が飛び回っては騒ぎになるだろう。コアが主と外を飛び回った時も騒ぎになっていたと、言っていたからな。主はあまり、気にしていなかったらしいが。

「アイ達に頼むか？」

ガルム種を率いているアイか。確かに、あの者達なら少しは騒ぎもマシかも知れないが。

「アイ達だけで森の外に向かわせると、主が心配するな」

ガルム種は確かに森の王に比べれば弱いかもしれないが、それでも強い存在だ。なのだが、主にとっては弱く見えるのかとても心配するのだ。まぁ、我々龍達にも守りとなる結界を何重にもかけるのだ。主はかなり心配性なのだろう。

「ん〜、主は心配性だからな。しかし、アイと一緒にダイアウルフやフェンリルが行くとな〜」

フェンリルは森の王の一族だ。ダイアウルフも森の猛者として知られている。俺達同様、騒ぎになるだろう。

「アイ達だけで行っても騒ぎになるのでは？」

まぁ、ガルムも森の強者だからな。人や獣人がいる場所を走りまわれば、畏怖されるだろうな。

さて、どうするべきか……。

「おい、魔界の子の目が開いてるぞ」

毛糸玉が玉寝を凝視している。隣から覗き込むと、確かに一匹の目が開いている。唯一目を覚ますことがある一頭だ。あとの二頭は、微かに動きがある程度だ。

見つめていると、不意に魔界の子の視線が動き、目が合ってしまう。なんとなくそのまま、見つめ合ってしまう。

「ぅわっ！」

不意に頭に映像が叩き込まれた。何なんだ？　随分と大きな石の映像だ。

「大丈夫か？　どうした？」

毛糸玉には、何が起こったのか分からなかったようだ。つまり映像は俺だけに叩き込まれた。

「大丈夫だ、魔界の子から映像が送られてきた」

玉寝の中を覗き込む。起きていた子の目は閉じてしまっている。

「どんな、映像なんだ？」

「巨大な石だ」

「石？　魔幸石の映像か？」

「それは分からない。詳しい情報は……無理か。眠っている。おそらく力が切れたんだろう」

毛糸玉も玉寝の中を覗いている。そして、寝ている三頭を確認して頷いている。

「毛糸玉、もらった映像を送るぞ？」

「あぁ、頼む」

魔界の子からもらった映像を、魔法で毛糸玉に送る。届いたのだろう、毛糸玉が数回頭を振った。

「随分とデカい石だな」

「あぁ」

ただし、映像から分かることは大きさと色だけだ。なぜこの石の情報を送ってきたのか。

「問題がある石ってことなんだろうか？」

毛糸玉が首を傾げている。魔界の子供が、どういう意図を持ってこの情報を渡してきたのか。危険な石だと知らせてくれたのかもしれないが……敵対関係にある我々に情報を渡すだろうか？

玉寝の中を覗き込む。いまの行為で、かなり力を消耗してしまったようだ。しばらくは目を覚ますことはないだろう。もしかしたら、主がまた力を探して持ってきてくれるかもしれないが。そういえば、どうして魔界の雫が森に落ちているんだ？

「考えれば考えるほど、この世界のことが分からなくなるな」

俺の言葉に、隣で考え込んでいた毛糸玉も頷いてる。

203. 石像の探索……力。

朝から森の中を走り回る。その原因は、卵の中の犬もどきの弱り方だ。

昨日、少し元気になったように見えたのだが、今日見たらぐったりとしていた。何だかその様子に危機感を覚えたのだ。なので、残りの石像に隠されているだろう力を含んだ石を集めるために朝から全力疾走中だ。

神力を上空から探した時、壊した石像と同じ光り方をしていた場所は残り三カ所。すべてに力があるかどうかは行ってみないと分からないのだが、行くしかない。しかし、調べてちょっと気が遠くなった。どうして、指し示す場所がすべて遠いんだ！　これを一日で集めるのか〜っと、ちょっとくじけそうになってしまった。だが、ベッドの中の犬もどきの様子を考えると急ぐ必要がありそうだし。やるしかない。

「やるしかないが、遠い！」

ただ心配なのは、そこに力があるのか。あったとしても足りるのかである。最初の潰した石像の中にあった力は、ほんの少し力を補う程度だったように思う。残り三つ。……足りなかったらどうしたらいいのか。

「やってみるしかないよな。足りなかったら足りなかったで、その時だ」

まずは二番目。俺達の少し前を魔物の石が飛んでいる。神力と石像をイメージして、捜索という魔法を発動させた。上手くいくか少しドキドキしたが、どうやら成功したようだ。少し先に二番目の石像が見える。

「あった〜」

それにしても、森の中に石像。不気味だよな。しかも、この石像綺麗なんだよ。普通森の中にあったら、雨風にさらされて少しずつ汚れていくと思う。他にも、つる性の植物が絡んだり。なのに、それらが一切ない。まるでいま立てたばかりですと言わんばかりに、綺麗な状態で森の中に立っている。

「気持ち悪いよな。あっ、ポーズが違う」

目の前の二番目の石像は、最初に潰した石像とは違うポーズをとっていた。何か意味があるのだろうか？　最初の石像は両手を上に上げて、顔も心もち上を向いていた。目の前にある石像は、右手は上に上げているが左手は胸元にある。そして、顔は正面を向いている。……その顔は無表情だ。何だか、怖いな。まぁ、笑っていたら引くけど。

「粉砕！」

見ていても欲しいものは手に入らないので、容赦なく潰す。石像を鑑賞するような趣味はないし。あったとしても、この石像は嫌だ。

森の中にひび割れる音が響き、石像がみるみる崩壊していく。何だか、壊れるのを見ると気持ちがスカッとするんだよな。性格が悪くなったかも？　いや、そもそも、それほどよくないか。あははは。

さて、力の石を早く探さないと駄目だな。次がまだ残っているのだから。

「石、石」

石像の残骸をよけながら力を含んだ石を探す。石像とは石の色が違ったので、すぐに見つけることができると思うのだが。ん～、あっ色が違う。残骸の中には真っ赤な石。鮮やかな真紅の石が、残骸の下から出てくる。手に取って眺める。鮮やかな色すぎて、じっと見つめていると、なんだか飲み込まれそうな恐ろしさを感じる。すっと視線を外す。ふぅ。

「昨日の石より、力が強そうだな」

石を手に取った瞬間、石から力が伝わる。その感覚が、昨日より強めだ。おそらく力が強いのだろう。これで回復してくれればいいが。

「よし一個目ゲット！　次に行こうか」

今日のお供についてきてくれた、水色とアイ達に声をかける。次は、いまよりもう少し移動距離がある。……頑張らねば。それにしても、いまの体になっていて本当に助かった。そうでなければ、どれだけ時間がかかったことか。

止めていた魔物の石に探索を再開させる。少しグルグルと周辺を回っていると、ピタリと動きを止めて次の瞬間ある方向へと飛んでいく。最初から容赦のない速さだな。

グッと足に力を入れて、魔物の石の後を追う。森の中には倒れた木などもあり、足場が悪い場所もある。走るだけなのだが、かなり集中力が必要となる。

走りながら何度かヒールの魔法を発動させる。そうすると疲れが消え、もう一度走る速度を速められるのだ。それを繰り返しながら突き進んでいると、今日二個目の石像を発見。

「これで三つ目！」

今度は左手を上にあげて、右腕は胸元だ。顔は、下を向いて無表情だ。やっぱり何か意味があるのかもな。まぁ、どうでもいい。とっとと終わらせよう。

「粉砕！」

正直、ポーズなどに意味があるような気もするが、いまのところ気にしていない。分からないのに、気にしても仕方ない。なので、容赦なく潰す。迷いなく潰す！

「あれ？　さっきの石像と割れる時の音が違うような……？」

石像にヒビが入りだすと、森の中に音が響くのだがその音に違和感を覚えた。先ほどより、音が響いていない。何かが起こる前兆だろうか？　心配になり、周りを警戒する。その間も、どんどんとヒビが入り割れて落ちていく石像。しばらく様子を窺うが、何も起こる気配はない。森の中の環境の違いで、音が響きにくかったのかも知れないな。

「さてと、石、石」

もしかしたら三番目も色が違う可能性があるな。石像の欠片（かけら）をよけながら力の石を探す。なかなか見つけられない。

「まさかないのか？」

石像の残骸をほとんどどけていくと、微かに力を感じた。それを頼りに探し続ける。

「あった。……でも、これは……」

残骸の中から石を取り出す。いままで見つけた他の二個の石より、かなり小ぶりだ。しかも、微量な力しか感じない。まぁ、仕方がない。覚悟していたことだ。とりあえず、これで本日二個目をゲットだ。最後の一個、それに期待しよう。

「頼むから、強い力を持つ石が見つかってくれよ。さて、とっとと見つけて帰るか」

とはいえ、最後の場所がかなり遠い。かなり気合を込めて走らないとな。

「水色は飛んでいるから大丈夫だな。アイ達は大丈夫か？」

水色は飛んでいるので疲れに関しては問題ないだろう。ただ、アイ達は休憩なく走り続けている。

疲れが溜まっていないかと様子を見るが、いつも通りの表情で疲れなんて窺えない。ヒールを使っている俺の方が、疲れているような気がするのは気のせいだろうか？

「なんだか、すべてにおいて負けているよな。よし、最後の場所へ行こうか」

もう一度、魔物の石に探索魔法を発動させて後を追う。ヒールを何度もかけ続けると、少し疲れが取れにくくなってくるようだ。足の疲れが、ヒールでは補えなくなってきている。あ～、一日で三カ所は無謀だったか。でも、あんなに弱っていたからな。

「はぁ、頑張れ俺の足。ヒール！」

スッと疲れは消えるが、なんとなく足が重い。やはり最初の頃に比べると、疲れが取れていないようだ。だが、最後だ。あとは、根性だ！

飛んでいる水色が視界に入る。羨ましい。だが、仕方ない。

小さなため息をつく。今日は朝から、新しい力が少し暴走している。いつもなら落ち着く熱が、いまも落ち着いていないのだ。それだけなら問題ないのだが、他の者の力が近づくと熱が上がるのだ。

朝、リビングでコア達に会った時に気が付いた。リビングに入った瞬間、熱が倍増したのだ。これはやばいと、すぐにウッドデッキに出て自分の周りに結界を何重にも掛けた。とりあえずは、小さな暴走なので問題ないが、いつまでもつか分からない。そんなこともあるため、仲間の体に触れるようなことは控えている。正直、水色の上に乗って楽をしたいが。残念だ。

そろそろ、本気で考える時期だよな。神様も来る気がないようだし。今度は大きなため息が口から零れる。犬もどきに力を与えることができたら、考えるか。俺が仲間を傷つける前に。

204. 黒い卵……見落とし。

ようやく本日三番目の石像に到達する。遠かった。ものすごく遠かった。既にヒールでは補えない、足の疲れと痛み。……まだ、帰りがあるのだと考えると……。

「絶望しかない」

まぁ、それはさておき石像をぶっ潰す。だいたいこの石像が、こんなに離れた場所にあるのが悪い！　そうだ、すべてこれが悪い！

「粉砕！」

あっ、そういえばポーズは……両手が胸元で組まれているから祈りか？　表情は……こわっ！　無表情のように見えるが、目の印象が……表現しにくいが不気味だ。こんな表情で祈りってありかよ。もしかして祈りではなくて、呪い中か？　あいつらの作ったものだからな、ありえそうだな。

それにしても、マガンという呪いに呪詛の骨、ここにきて呪いをかけている石像？　どれだけ、心が病んでるんだよ。もう、呪いはいらないのに。

目の前で四番目、おそらく三馬鹿が作った最後の石像が粉々になる。痛みを訴える足を動かして、本日三個目の石を探す。二個目の石が微妙だったからな、何とか力がある石だといいのだが。瓦礫を退けていくと、黒い石が見つかる。感じる力からこれだと分かるのだが、石の黒さに少したじろぐ。最初に見つけた石も黒かったが、あれは黒光りしていた。だが目の前の黒の石は、何もかもを飲み込みそうな怖さと不気味さを感じる深い黒。

「石に不気味さを感じる日が来るなんてな」

ちょっと緊張しながら石を手に取る。何事も起きなかったことにホッとしながら石を見る。……この石だとは分かるのだが、特に力を感じない。違うのか？　いや、この石で間違いないと感じるが。

「この石でいいよな？」

少し離れた場所にいる水色に石を見せる。水色は警戒しているのか、また少し離れる。

「これだな」

さて、帰ろうか。……うん、帰るんだよな。ここからだと、いま走ってきた距離の半分ちょっとかな。なるほど、半分か。短いじゃないか。だから、走れるはずだ。思い込みも大切だからな。

「俺は走れる！」

早く、この石を届けて楽にしてあげたいしな。やるしかない。痛みを訴える足にグッと力を入れて走りだすが、やはりすぐに立ち止まってしまう。

「いままでにない痛みだな」

魔法でのヒールは既に効果がない。新しい力を使うか。だが……。体の中の状態を探る。熱は随分と落ち着いている。使って問題ないように思うが、使うことでまた騒ぎだしても困る。はぁ～、試すしかないか。

結界を一つ解除する。新しい力を間違って使わないように、結界を張っていたのだ。暴走しないように気を付けながら、新しい力を意識して。

「ヒール」

体に溜まっていた疲れと痛みがふっと消える。すぐに走りだしても問題なさそうだ。だが、そのままじっとして力の様子を窺う。少し熱が上がったようだが、すぐに落ち着いてくれた。よかった。

「暴走なんて最悪だからな」

体を動かしてみる。特に問題はない。よかった。

「さて、帰るか」

足に力を入れて走りだす。あれ？　何だか、足に違和感。痛みではない……何だろう。マイナスではなく、プラスに違和感というか。ん～、自分でもよく分からないが……あぁ、速度が上がっているんだ。走るスピードがいままでにない速さだ。新しい力の影響だろうな。思いもよらない効果があったな。早く家に戻れるから、ラッキーだ。

走りながら、少し空を見る。少しずつ、日が傾き始めている。本当に今日は一日中、走りっぱなしだな。……新しい力の癒やしで、体は全く疲れていないが。魔力でも神力でもなく、犬もどき達の力でもない。いったい、俺の新しい力って何なんだろうな。

家が見え始める。横を確認する、水色が飛んでいる。反対を見るとアイ達が走っている。どちらにも、疲れた印象は受けない。大丈夫だったようだ。一日中、俺に付き合わせてしまったからな。

それにしても、

「タフすぎるだろう」

何度もヒールの魔法を使った俺とは違うな。龍はなんとなく異次元の力を持っていそうだが、アイ達もだとは侮っていた。

家にしている岩山に到着。農業隊が収穫の準備を始めている姿に、畑に視線を向ける。青々と茂った畑。今回も、豊作間違いなしだな。すべてが落ち着いたら手伝いたいな。

家の中に入ってリビングへ向かう。犬もどきのベッドの隣には土龍の飛びトカゲ。ずっとここにいる。初日は監視のように感じたが、いまは様子を見ているという印象だ。

ベッドに近づいて、今日集めてきた三個の石をすべてベッドに並べる。これで力が犬もどきに吸収されるのは、一個目で経験済み。しばらく様子を見ると、二個目の石からは赤い光、三個目の石からは小さな光、最後の四個目の石からは毒々しい黒い光が飛び出して、卵に吸収されていった。

「これで足りるといいんだけど……」

力が足りなかったらどうしようかな……。不安に思いながら卵を見ていると、変化が起こりだす。透明だった卵は最初の石の力を吸収して、うっすらと白く濁っていた。今回も見る見るうちに、白く濁っていく。

「大丈夫だよな？　あれ？」

白く濁っていた卵が、急に黒に変わっていく。そして、あっという間に真っ黒な卵になってしまった。

「これって、大丈夫なのか？」

さすが、悪魔関連の卵ってことか？　黒くなる直前の三匹の表情は、少し落ち着いたように見えたが、いまは何も見えないので確かめようがない。

「三匹の表情が落ち着いていたように見えたのが、願望でないことを祈ろうかな。元気になれよ」

それにしても、疲れた。体は元気になったが、精神的な疲労は無理だな。クウヒが持ってきてくれたお茶を受け取って、ウッドデッキで休憩する。

お茶を飲んで一息ついてから、空を見上げる。穏やかな空が広がっている。そろそろ真剣にこれからのことを考えないと駄目だろうな。神は当てにならないんだから……。

「見張りはいないみたいだしな……」

この世界と俺について、神から話を聞いたあの日から六カ月が過ぎた。毎朝、木の板に一つずつ穴をあけているので間違いない。六カ月と三日だ。

あの日俺は、聞いた情報を整理するのに少し混乱状態だった。俺の培ってきた常識とあまりにも違ったため、冷静になれなかったからだ。そのせいで、色々と見落としてしまった。例えば、この世界を作った「世界の実」のあった場所について、神は「神様候補だけが入れる場所」と言ったと記憶している。だが、候補だけが入れる場所に、重要な「世界の実」を置いておくだろうか？　普通は「候補が入れない場所」に置いておくだろう。言い間違いなのか、それとも候補者達に、盗めるようにしたのか。

他にもこの世界を「監視する神がいない」という表現。俺の神様のイメージは「見守る神様」もしくは「導く神様」だ。まぁ、神からしたら世界を監視している感覚なのかも知れないが、でもあの言い方はまるで、悪い者を見張っているような雰囲気だった気がする。

見落としたと言えば、最初の時もそうだ。見習いが勇者召喚の失敗で騒いでいた時に神が来たのだが「召喚術など使いおって」と叫んだのだ。「使う」つまり、召喚術は既に発動していると知っている言い方だ。ならば、その召喚術に巻き込まれた存在がいることも分かっているはず。だが現実は、誰も俺を捜さなかった。あの時、三馬鹿は俺の存在に気付いていたのに。

これらのことに気が付いたのは、神と会って一月ほどした後だった。何がきっかけだったのかは思い出せないが、急に色々な矛盾があると気付いた。そしてもう一度、神の話した内容を思い出して不安に駆られた。神が味方なのか、敵なのか分からなくなったから。そして、唖然とした。敵だとしても、俺にできることは何もないと。

だから、しばらくの間は何も知らないという態度を貫き通すことにした。俺の思い過ごしの可能性だってあったし、とにかく時間を置いて冷静になりたかった。そして神が言った「この世界を監視する神を選別しよう」という言葉に、見張りがいるのではないかと不安に駆られたからだ。見張りに警戒されないためには、「無知」は役に立つ。何も知らない相手を警戒することはないからだ。

正直、俺としてはこの時はまだ、神を信じたかったんだろう。だが時間がたち冷静になってくると、神のある言葉とその時の目を思い出した。それは「本来ならお主は死んでおるはずなんだが……」と言った時の神の目だ。あれは不思議に思っているというより、残念に思っている目だと感じたのだ。なぜ、それを忘れてしまったのかそれが不思議だが。まぁ、あの時は混乱していたからな。そのせいだろう。だが、それを思い出したため神は味方ではないと判断した。

それから少しして、コアが洗脳され仲間に攻撃を仕掛けようとした。コアが耐えてくれたため、対処ができたが、あのまま攻撃していたらどうなっていたか。おそらく仲間同士で闘うことになっただろう。彼らの日々の特訓を見ているから分かるが、本気で戦えばこの世界は壊れるだろう。そう考えた時、神にとって「この世界はどうでもいい世界」ではなく、「消し去りたい世界」なのではないかと考えてしまった。

三馬鹿の残したものを見落とした可能性も考えたが、三人の見習いは、愚かでクズではあるが知識はある。この世界を作り、龍達の力を使って世界を回す方法を考え実行したのだ。そんな三人が目指す神という存在が、抜けているということはないだろう。特に、ここに来た神は比較的上位の存在だ。なぜなら「監視する神を選別」できる地位なのだから。間違いなく下級神ではない。その神が、見落としたとは考えられない。つまり、この世界は壊れても、消えてもいいと思われているのだ。

神の力がどれほどなのかは分からない。でも、俺はこの世界を守ると決めたのだ。だからまずは、自分の力について知らなければならないと思った。神が言ったように俺の力が強いのか、それともそれほど強くないのか。次に力で何ができて、何ができないのか。もし見張りがいた場合を考えて、警戒されない方法を取らなければならない。だから、力を調べていることを知られないように、色々なことに関連付けて自分の力について調べた。

おそらく俺はかなりの魔力を持っていると言っていいだろう。そのあたりについては、神は嘘をついていなかったようだ。だが、この力で攻撃して神に効くのかは、当たり前だが不明だ。新しい力については、魔力をしのぐ力がある。ただし、扱いに注意する必要がある。強すぎるのだろう、暴走しそうになったことがある。

「まぁいまは、溜まりすぎて暴走しかけているけどな……」

いずれ神はこの世界に来る。なぜなら、この世界がまだ壊れてもいなければ消えてもいないから。目の前に神がいても何もできないかもしれないが、とりあえず話はできる。ただ、なるべく早く来てほしいものだ。いつ力が暴走するか分からないからな。

205. 家訓……まさか。

俺が一番何を求めているか……平穏な毎日だ。だが、俺は力が暴走しかけている。

「仲間は守りたいが、どうやったら守れるかな」

俺は頭がよくないからな。ここまでの方法も、母の受け売りだし。

一つ、問題が起きた時、まずは動くな

一つ、味方と敵をしっかり把握

一つ、とりあえず時間を稼ぐ

一つ、相手の話した内容を、一つでも多く思い出す

一つ、自分が一番に何を求めているのか、しっかりと確認
一つ、身動きができない時は、無知であれ、馬鹿であれ、考えるな、ありのままにすべてを見ろ、そして知れ
ただし、無駄に敵を作るな。ことをなす時は、
一つ、できることをすべて確認しておくこと
一つ、逃げ道の用意、逃げることはけして負けではない

我が家の家訓だ。子供の頃から何度も聞き、そして役立ってくれた。姉曰く、仕事だけでなく恋愛にも使えるそうだ。いままで俺の恋愛関係では一度も役に立ったことはないが……。

魔力や新しい力について調べながら、俺にできることと制限されていることを、しっかりと確認してきた。魔法による攻撃も防御もできる。結界魔法も使えるし、怪我の治療や疲れを取る魔法も問題ない。ただし、飛べない。コア達を見て、飛べるのではと考えて挑戦したが飛べなかった。魔法は発動しているようなのだが、体から発動した魔法が逃げる？　ん〜、散らばって纏まらないような感覚になる。これは新しい力でも同じ結果だった。

「発動した魔法が、制限を受けている感じだよな」

それと同様に瞬間移動も無理だった。有名なアニメを思い出して、イメージは完璧だったのだが飛ぶ魔法同様に力が四散した。

あと、言葉だ。ウサとクウヒを見る。二人は、俺以外に対してはこの世界の言葉で話している。

ちょっと後ろめたいが二人の会話を聞いて、この世界の言葉に耳を慣れさせようと考えた。友人が数カ月英語圏で生活すると「英語耳」になって理解できるようになったと喜んでいたからだ。しかし、二人と出会ってそろそろ八カ月。未だに二人の言葉を理解できていない。耳はしっかりと音を拾えているのだが、分からないのだ。違和感を覚えて集中的に頑張った時期もあるが、やはり音を理解できなかった。言葉にも、何らかの制限が働いていると考えた方がいいだろう。おそらくこの世界の人や獣人と関わらせないためかと思うのだが、意味があるのだろうか？　言葉が理解できずとも、ウサやクウヒとはいい関係を築けている。と、俺は思っている。彼らが子供だからということも考えられるが。

そしてコア達にもそれは当てはまる。ウサとクウヒの話す内容を、コア達が理解しているようなのだ。いまのところ、コア達の話す内容をウサ達は理解できていないようだが。

そして岩人形達。彼らも、ウサとクウヒだけでなく、コア達の言葉をすべてではないようだが理解し始めている。なぜ俺だけ言葉が理解できないようになっているのか。ん～、理由がさっぱり分からない。俺を完全に孤立させたいなら、コア達と出会うのを妨害すればいい。出会った後に妨害を考えた？　いや、それはないな。俺は、少しずつ仲間を増やしたんだ。邪魔をされたような印象はない。何だか中途半端な妨害だよな。

「意思の疎通と、この世界から出ていくことが禁止されているってことなんだろうか？」

だが、そもそもこの星を出てどこへ行けるというんだ？　日本？　帰り方なんて全く分からないのだから、無駄な制限のような気がしてならない。

まぁいま分かっているのは、この星では言葉での疎通ができず、自分の力ではこの星から出られないということだ。

龍達にいまの俺の状況を伝えることができれば、何らかの解決策を聞くことができたかもしれない。だが、ジェスチャーには限界がある。いまも、伝わらないことの方が多いからな。奇跡的に伝わったとしても、彼らが俺に何かを伝えることができるかどうか。それにどこに制限が設けられているのかが分からない以上、下手なことはできない。伝えたら相手が死ぬとか、笑えないからな。

「俺の力が暴走する前に、くるかな？」

魔力は問題ないことは把握している。問題は新しい力の方なんだよな。溜まっているなら出せばいいと思ったが、使いすぎると暴走しそうになる。……んっ？

「まさかな」

それは、ほんの少しも考えたくないこと。でも、もしそうならすべてが繋がる。この星から出られない俺が、力を暴走させたらどうなるか。……危険を伝えることも難しいとなれば……。この世界でできた仲間と、平和に過ごせればいいと言った俺に。

「この星を潰させるつもりか？　仲間を巻き込んで？」

怒りがふつふつと湧き上がってくる。グッと握りしめた掌に痛みが走る。掌を見ると、爪が食い込んで血が滲（にじ）んでいる。もし本当にそう考えているなら最悪だ。いや、まだそうと決まったわけではない。そうだ、決めつけは駄目だ。いまは冷静にならなければ。それに、そんなことは絶対に阻止する。どんなことをしても……。

少しでも、気持ちが落ち着くように長く息を吐き出す。

ふわりと暖かい風に包まれる。それに驚いて、下を向いていた視線を上げる。目の前には飛びトカゲの姿。

「どうした?」

驚いた。飛びトカゲは他の龍達より行動が落ち着いている。俺としては龍達のお父さんというかまとめ役というか、そんな存在だ。その飛びトカゲが、じっと俺を見つめている。不思議に思い見つめ返す。

何だろう?

飛びトカゲを見つめていると、不意に飛びトカゲと違うものが目に映る。えっ、何度か瞬きをすると見えなくなる。だが、またすぐに飛びトカゲに何かがかぶさって見える。

何だこれ? 飛びトカゲが俺に見せているのか? しかし、何だ? かなりノイズが入っていて見えづらい。

映像には何か巨大な石が映っている。ん? 何でこの石、しめ縄なんてしているんだ? この世界で、まさかしめ縄を見ることになるとは。かなり有名な石なのだろうか? もっとよく見ようと体を前へ突き出すと、映像が切れてしまった。飛びトカゲを見ると、なんだか不思議そうな表情をしているように見える。そして、自分の体を見回している。もしかして、いまの映像を見せることで何か起こったのだろうか?

「大丈夫か？」

俺の声に、喉を鳴らして顔を突き出してくる。ゆっくりと頭を撫でると、目を細めて気持ちよさそうだ。

あれ？　何だかいつもより力を感じない。龍達は膨大な力を持っているためか、触れると強い力を感じるのだがいまはそれがない。もしかして、巨大な石を俺に伝えたことで、魔力がなくなった？　あんな映像で、飛びトカゲの魔力が消えた？……もしかして制限か？　あの石が重要で、それを俺に伝えたから飛びトカゲに制限、もしくはペナルティがかかった？　もしそうなら、協力を仰ぐのは駄目だな。魔力が奪われるなんて、危険すぎる。

「ハハ、ある意味徹底しているな」

それよりあれは何だったのだろうか？　巨大な石。しめ縄？　この映像を見せただけで飛びトカゲから魔力が消えたんだ。きっと何か重要な石のはず……たぶん。

「それにしてもあのしめ縄……俺の家の近くの御神木のしめ縄に似ていたな」

そういえば、「マガン」の反撃の時に、しめ縄をイメージしたことがあったな。あれも御神木のしめ縄をイメージしたな。……ん？　もしかして一緒だったりするのか？　まさかな？

「とりあえず、重要なものなんだろうな」

206. 第四騎士団団長 七。

——エンペラス国 第四騎士団 団長視点——

部屋の扉を叩き、返事が聞こえる前に開ける。呆(あき)れた部下達の表情など気にしない。

「お疲れ様です。どうですか？」

エントール国のアマガール魔術師に話しかけるが、無視される。周りにいるこの国の魔導師達も、既に見慣れた光景なので苦笑いをする程度の反応だ。なぜなら一日に一回は必ず顔を出して様子を見にきているが、そのほとんどは無視で出迎えられるからだ。一週間も過ぎれば、いつもの光景だ。

そろそろ今日も終わりという時間に差し掛かろうとしている。研究をやめて、休んでもらわなければ。

「アマガール魔術師、そろそろ終わりにしましょう」

「…………」

相変わらず無視だな。

「アマガール魔術師、食事にしましょう」

「アマガール魔術師、そろそろ寝ないと」

「アマガール魔術師、……はい、終了」

アマガール魔術師が持っていた何かを取り上げる。

「おっ！　何をする！…………ミゼロスト君、また君か！」

「はい、また俺です。そろそろ今日が終わります。なので、仕事も研究も終わりです」

お片付け、お片付け。

「……あと少しで区切りがいい」

「駄目ですよ。そう言って朝まで終わらなかったことがあるんですから。エントール国の王様からも注意してくれと言われているので」

最初の数日は「あと少し」に騙(だま)されたからな。

「あっちでは、もっと丁寧に扱われているんだがな！」

「はいはい」

アマガール魔術師の補佐から、師の扱いについてという手紙で「アマガール魔術師は研究を前にすると幼い子供と同じです。止める場合は集中している原因のものを取り上げるのが一番です」と教えてもらっている。なので扱いは変わらないはずだ。

「言っておくが、俺の研究を無理やり終わらせるような奴はいなかったからな」

言い方を変える彼に苦笑が浮かぶ。

「わかりましたから終わりです。ほら食事に行きますよって、その前に目の前にあるものを片付けてください。ほら手を動かして」

アマガール魔術師と楽しい会話をしながら、周りを片付けていく。彼の扱いに慣れてから、既に何度もした会話だ。俺の態度に大きなため息をついて、片付けだすのもいつものこと。研究対象を前にしていない時は、すごい人だと感じることもあるんだけどな。

エントール国から、協力者としてアマガール魔術師がこの国に住みだして既に一カ月。その間ずっと、問題の魔石の研究をしてもらっている。が、なかなか成果が出ていない。

ただ数日前に、力を吸収しようとしている力が弱まっていると報告が来た。それがいいことなのか、悪いことなのか分からないが。片付けが終わり、食堂へ向かう道中いつもの質問をする。

「今日は何か変化がありましたか？」

「ん？　おっ！　そうだ。あったぞ」

今日は「ない」という返事とは異なるようだ。ただあの魔石に関しては、良い答えが期待できないのだが。

「何があったのですか？」

何を聞いても落ち着いて対処できるように、気持ちを整える。

「割れていた部分が、一部修復した」

「……はっ？……えっ、ちょっと待ってください。魔力を集められないように結界を何重にも張っているのでは？」

「あぁ、しっかりと結界は張られていた。だが、割れが直ったのだ」

「そんな……」

なぜ魔力の供給を止めているのに修復した？　どこからか集めている？　いや、アマガール魔術師が一日中張り付いているのだから、そうだった場合は分かるだろう。

「言っておくが、完全に魔力からは遠ざけているからな」

「分かっています、アマガール魔術師の力は信じていますので」

「今日の夕方あたりか、いきなりあの縄に何か不思議な力を感じてな。それが落ち着いたら割れが修復されていた」

あの縄が？　どんな意味があるのかと、過去の文献なども調べさせているがいまだに不明なものだ。まさか修復する力を集めるためのものなのか？

「あの、不思議な力というのは？」

「わからん。言えることは魔力ではなかったということだな」

はぁ。また問題が出てきたな。魔力とは違う力？　神が持つといわれる神力か？　しかし魔力を近付けないだけでは、防げないのか？　どうすれば。

「その不思議な力なんだが」

「はい」

「敵という印象は受けなかった」

敵という印象？

「あ〜つまりだ。なんて言えばいいのか……」

俺の表情で理解していないことがばれたみたいで、説明してくれようとする。だが、説明は難しいのか険しい表情で考え込んでしまった。

「何というか、優しかったんだ」

優しい？　余計に分からないのだが。

「あ〜、とりあえず、魔石の割れを修復した力に敵意はない」

と言われても、魔石を元に戻そうとする以上は敵なのだが。

「あの魔石は……いや、やめておこう。私の中でもまだよく分かっていない」

アマガール魔術師は大きなため息をつきながら首を横に振る。彼が分からないことを俺が分かるわけないな。しかし、ガンミルゼを悩ませる事柄がまた一つ増えたな。すまない。

「それでだ、新しい力を感じたら接触をしてみるつもりだ」

「……えっ！」

危ないことはしないと、約束しているはず。アマガール魔術師に何かあったら国同士の問題になってしまうからな。

「エントール国は問題ない。手紙で許可をもらった。何があっても私の責任だ」

「手紙？　いつの間に」

「あの王様は私の性格を把握しているからな、魔石の研究中に私が死んでも国の問題にはならない」

「不吉なことを言わないでください」

「悪い、悪い。おっ、今日のスープも美味そうだ。ここは良いな〜、食事が美味い」

我々の姿を見て用意される夕食。

「ありがとう、ご苦労様」

夜勤組の食堂職員にお礼を言って、夕飯を受け取る。確かにこの城の食堂は美味い。最後に大量に用意されているスプーンから一本取って、席を探す。といっても、この時間に椅子が埋まっていることはない。誰が夜中の一二時に夕飯を食べるものか。夜勤組がいるが、食堂が埋まるほどの人数ではない。

「危ないことは、しないでください」

「大丈夫だ。敵という印象は受けなかったと言っただろう？」

確かにそうだが、アマガール魔術師の感覚が理解できないため危険度が分からない。止めるべきなんだろうが。それで何か分かる可能性があるなら……いや。

「問題ない。私も危ないと感じたらすぐに引く。まだまだ研究を続けたいからな、死ぬわけにはいかん」

「……はぁ。危ないと感じたらすぐにやめてください。もし余裕があるなら、俺を呼んでください」

「あ～、わかった。わかった」

……止められることを考えて、俺を呼ぶ気はないな。魔導師達に話を通しておくか。

207. 冷静に……逃げるな！

体の熱に目が覚める。昨日より熱さが増している気がするな。昨日は、夜中にも熱が原因で目が覚めてしまった。一瞬熱が増して、しばらくすると収まるのでいまのところは大丈夫だろう。

そういえば起きる寸前、声が聞こえたような気がするのだが。起き上がって周りを見る。俺が寝ているいつもの部屋だ。気のせいか？

「はぁ、それにしても……熱い」

新しい力が暴走している時は何が起こるか分からないため、魔法で結界を何重にもかけている。これで安心ということではないが、何もしないよりいいだろうということだ。しばらくすると熱が引いていく。

「ふ～」

『…………』

「ん？」

やはり何か聞こえた。周りを見るが、先ほどと変化なし。魔法で周辺を調べるが、問題はない。

『…………』

だが、微かに何か音がする。小さすぎて聞き取れないが。何なんだろう。耳を澄ませるが聞こえない。数分待ってみるが、やはり聞こえてはこなかった。力の暴走による影響なのか、何なのか。少し注意をしておこう。

ベッドのヘッドボードに置かれているメモ帳を手に取る。こちらの世界に落とされた時に持っていたバッグの底にあった、忘れられていたメモ帳だ。昨日、考えたことを書きこんでおいた。書かれた内容に目を通し、大きなため息をつく。これからのことを思ってではない、色々と反省してだ。

一日経って、興奮が落ち着いたのだろう。メモ帳を読み返すと色々と矛盾がある。だが、俺の暴走でこの世界を壊そうとしている部分は……残念ながら覆りそうにないな。不安を抱えている状態で色々考えると、物事がすべて悪い方へ傾きがちだ。だから、冷静な時にもう一度考える必要があるのだが……。

「こっちは……どうするつもりだったんだ？」

メモ帳には「各方面から情報を集める」とある。残念ながら言葉が通じない状況では、情報を集めるのにも限度があるだろう。それに、神の情報なんてどうやって集めるんだ？　見習い達の情報だってそうだ。無理がありすぎる。昨日の俺は、どうやって集められると思ったんだろう？　不思議だ。次のページをめくると勇者と書かれてある。そういえば、寝る前に勇者のことを考えていたんだったな。俺の力は数人の勇者の力が合わさっていると聞いたから。

勇者か……この世界から俺が出られない制限のことだが、勇者にかけられた制限の可能性もあるんじゃないか？　いきなり見ず知らずの人達のために、世界を救うためとはいえ命を奪ってこいと言われてできるか？　俺には無理だ、命を奪う重さを経験などしたくない。では、どうするか。俺だったら逃げる。それを防ぐための制限。召喚した者を逃がさないため、飛ぶことと瞬間移動が制限されている可能性もある。悪どいなとは思うが、まったく関係ない人間を勇者と祭りあげて、命を奪えと誘導するのだ。それぐらいの自由を奪うことに躊躇はないだろう。……ちょっとした思い付きだが、ありえるかもしれないな。

それに俺は、根本的なことを忘れていたな。それは「神と人」の考え方の違いだ。例えば俺は人ではなくなったそうだが、人の感覚をまだ持っている。つまり人生八〇年。神は、万年？　俺が神を待っていた六カ月は長い。だが、神の中の六カ月はもしかしたら一瞬だったかもしれない。生きてきた場所が違う以上、根本的な感覚は異なるだろう。

そしてもう一つ重要なことも忘れていた。それは見習いは神に対して詳しく、俺は詳しくないという事実だ。この世界が大丈夫だと判断した神。実際は問題だらけだった。だから俺は神が味方ではないと判断した。だが、神に対して詳しい見習いが、何か対策をした可能性はないだろうか？　そしてそのために、神にはこの世界が問題ないように見えた。こう考えると、神が味方なのか敵なのか……。最初の問題に戻ってしまうな。

「ははっ、俺はまだ神を信じたいんだろうな」

力の暴走が日々強くなっていく中、俺は仲間を殺してしまうのではないかと怖い。だから、言葉の通じる味方が欲しいんだ。願望が強くて、きっと正しい判断ができないな。それにいま重要なのは、神が味方なのか敵なのかじゃない。力の暴走だ。

「時間はあまりない気がする。何か対策を考えないと」

焦るな、こういう時は「とりあえず時間を稼ぐ」だ。そうだ、いま俺がやるべきことはどうやって力の暴走を悪化させないかを考えることだ。力を放出すればいいのか？　何かに使う？　だが、いったい何に使えばいいんだ？　大量に使って、駄目だ。大量に使うと暴走する。でも、大量に使わないと暴走する。……どっちを選んでも暴走するんだな。

「探すしかないよな」

そうだ、立ち止まっていても仕方ない。「自分が一番に何を求めているのか、しっかりと確認」

「死にたくない。で、みんなと共に生きたい」

守りたいなんてかっこいいことではない。ただ死にたくないのだ。だからいまは、生き延びる方法を探すことに集中しよう。神が味方か敵かは、時間が経てば分かることだろう。ただ、敵だった時のことも考えておかないとな。メモ帳を見る。何だろう？　ここ数日で考え方がころころ変わっているみたいだ。確かにそうだな。昨日は神が敵だと思って、今日は味方かもしれないと考えた。

「数日でコロコロと考えが変わるなんて……おかしくないか？」

以前の俺ってこんな感じだったかな？　怖がりだからもっと慎重だったような……いや、決める時は早かったか？　まぁ、そうそう性格が変わることはないか。きっと思い過ごしだな。

「おはよう」

「ん？　あぁ、ウサおはよう。ごめんご飯だね」

考えに没頭しすぎて、朝食の時間を過ぎてしまったみたいだ。子供達が待っているのに。

熱も落ち着いた。これだったら、大丈夫だろう。結界を新たにかけ直してから、ウサと一緒にリビングに向かう。

リビングでは天使達が……パン争奪戦で忙しそうだ。それにしても、パンを狙うあの表情は何というか天使とは思えないな。

「おはよう」

「クウヒ、おはよう。遅くなってごめんな」

クウヒは首を少し傾げてから、横に振る。遅くなっての意味が分からなかったのだろう。だが、ごめんは理解しているので謝ったことは分かってくれたようだ。

パタパタ。

パタパタ。

パタパタ。

パタパタ。

二人の天使が部屋中を飛び回るのも結構騒がしいものだな。しかも前の天使はパンのカゴを抱えて、食べながら逃げている。口を動かしながら、暴れるのはどうなんだろう。止めた方がいいのかな？

ん？　キッチンから一つ目達が俺達の朝食を持ってきてくれたみたいだ。

「ありがとう」

一体の一つ目の顔がスッと天使達の方角を見る。そして次の瞬間、目の前にいたはずの一つ目が消えた。

「えっ！」

慌てて、天使達の方へ視線を向けるとパンのカゴを取り上げられ唖然としている天使と、一つ目に両肩を後ろから掴まれている天使の姿があった。いま一つ目はどうやって移動したんだ？　瞬間移動したように見えたのだけど……。見間違いかな？

リビングにいる飛びトカゲの様子を見てみる。飛びトカゲは目を見開いて一つ目を凝視しているようだ。やっぱり、瞬間移動なのか？

「一つ目に魔法を習うことができたら、すごい魔法師？　魔術師？　になれそうだよな」

魔法師と魔術師って違いは何だっけ？　あっ、手に持っていたパンも取り上げられた。……これって見ていたら、俺達も巻き込まれるかも。

「ウサ、クウヒ、ご飯にしようか」

「大丈夫？」

ウサが天使達を見て心配そうにしている。

「大丈夫、一つ目だから」

「ご飯！」

クウヒはそそくさと椅子に座って、俺達が座るのを待っている。このあたりは性格が出るよな。クウヒは巻き込まれないようにするのが上手い。そして食べることが何より優先される。ウサは優しいのか、巻き込まれやすい。ただ、それを知っているアイ達が上手くフォローしてくれているようだ。

「……なんだか皆、頭いいよな。羨ましい」

それにしても一つ目の進化がすごいな。

208. 急げ……本？

「……はぁ、どこまで続いているんだ？」

体の熱は、日々暴れる時間が延びている。ほんの少しずつだが、それは確実だ。なので、力を安全に使う方法を早急に探す必要がある。だが、見習い達が残した問題箇所がまだ四カ所も残っている。こちらも、何が起こるか不明なため急いで解決する必要がある。目の前の問題とできることを考えた結果。見習い達が残した問題の方が、解決しやすいと考え優先することにした。

のんびりはしていられない、一日で回れるだけ回るつもりだ。本日一カ所目は、洞窟。出入り口に結界が張ってあったが、いままでと同じで力で壊して突入。洞窟の奥の部屋にあったのは、光る石。光るといっても、部屋を少し明るくする程度で特に驚異的な力は感じない。不思議に思いながらも、とりあえず持って帰ることにした。持ち出すと、何か魔法が発動するかもしれないと警戒しながら外へ出る。それなのに、あっけないほど何もなかった。特別なものではないのだろうか？

そして本日二カ所目。見た目は一カ所目と同じような洞窟。簡単かな？　っと予想していたら大外れ。入り口に結界が張ってあったので壊して突入。かれこれ一時間ぐらいだろうか、ずっと代わり映えのない洞窟を歩いている。これが問題の場所でなければ、引き返しているだろう。

「飽きた」

一度立ち止まって後ろを振り返る。既に入り口は全く見えない。……先へ進むしかないよな。それから約三〇分。

「あっ！」

ようやく見えた変化。洞窟の奥に扉だ。うれしさのあまり、バンザイをしそうになってしまった。何とか思いとどまったけど。

「あれ？　この扉、いままでのように装飾がないな」

目の前にあるのは、シンプルな両扉。いままで見てきた扉には彫り物や宝石と思われる石が装飾されていたのだが、これには全くない。扉の取っ手に手を掛けて力を込める。何の抵抗もなく開く。結界もなし？　不思議に思うが入るしかないので、警戒しながら足を進める。

ガランとした空間。そして…………何もない。

「マジで？」

空間を魔法の光で照らす。隅々（すみずみ）まで見るが、本当に何もない。何か隠しているのではと壁を叩いて歩いてみるが、何も起こらない。魔法や新しい力で調べるが、問題なし。

「ここまで歩いてきた労力と時間が無駄に……」

はぁ、反応した場所には何かあると思い込んでいた。

「まさか何もないとはな～」

長い洞窟を頑張って歩いてきて外れ。さすがに体から力が抜けそうだ。

「クゥ」

隣にいるコアが心配そうに喉を鳴らす。心配をかけるのは駄目だな。

「大丈夫だ。次へ行こうか」

まぁ、何事もないのが一番だ。骨とか卵とか棺桶とか、なくてよかったと思っておこう。さて、外に出るか……またあの長い通路か。ん？　何も持ち出さないのだから、警戒して歩く必要はないのか？　だよな……よし、走って一気に外に出よう。

「行こう」

扉の外をさしてコア達に伝える。今日のお供はコアとチャイ。と、おそらくクロウの子供達。見た目が変わらないからな、違う可能性もある。そしてふわふわ。相変わらず、俺を守るような配置だ。

俺が走ると、皆ついてくるので少しずつ速度を上げて外へ向かう。行きと違って速い、これならすぐに外に出られるな。遠くに外の光が見え始めた時、後ろからドーンという音が響いた。

「はっ？」

急いで立ち止まり後ろを振り返る。すると奥から砂埃が迫ってきているのが見えた。

「外へ急げ！　壁！」

急いで壁をイメージして魔法を発動。壁が作られたのを確認して、すぐに外へ向かって走る。コア達も洞窟の崩壊が迫ってきているのを確認したのか、スピードを上げて走りだした。何もなかったくせに、仕掛けだけはあるとか性格が悪い！

洞窟から少し離れた場所で立ち止まる。後ろを振り返ると、洞窟の入り口が大きな音を立てて崩れていく様子が目に入った。慌てて周りを確認すると、一緒に来た仲間全員の姿を確認できた。よかった、無事だ。それにしても、焦った。何も持ち出していないのに、洞窟が崩壊するとは、嫌がらせか！

「せめて何か持ち出した時だけにしてほしいよな。理不尽だ」

大きなため息をついて、気分を切り替える。さて、次の場所だ。空を見上げる。それぞれの場所が遠いのと、この場所で随分と時間を使ってしまった。あと二時間もすれば暗くなってくるだろう。今日は次の場所で終わりだな。

「よし、行こう！」

走りだして周りを見る。コア達もふわふわも相変わらず余裕でついてくる。さっきも、洞窟が崩壊すると分かった瞬間速度を上げたよな。本気で走られたら絶対に追いつけないだろうな。

少し前を飛んでいる魔物の石を見る。相変わらずこいつも有能だよな。的確に場所を教えてくれる。しばらく石を追って走っていると、空中でぴたりと止まる石の姿が目に入った。目的の場所に到着したようだ。

「ストップ」

俺の言葉に、空中に浮かんでいた石が地面に落ちる。それを拾うと微かに熱を感じた。新しい力を少し入れすぎたようだ。気を付けているつもりなんだが、力の調整が難しい。魔物の石を使って、力の微調整を特訓しよう。

さてそれよりも、本日三カ所目だ。魔物の石が示した場所を確認する。見た目は何もない。どうやら隠されているようだ。

「探知」

前の時は手で探ったが、あとで思ったのだがあれは危ない。そのため今回は、新しい力を体から少し出して神力を探る方法を取る。イメージは力の触手？　ちょっと不気味な想像になったが、成功したようだ。見えないが確かに何かある。さて、時間をかけるのは勿体ない。ここも力技で押し通す！　目の前にある何かに、力をぶつけるイメージを作り。

「粉砕！」

空気が揺れて、ガシャーンと何かが崩れる音が森に響く。コア達がびくりと警戒する姿が目に入った。あっ、またやってしまった。

「ごめん。大丈夫だから」

俺の言葉に少し首を傾げたが、目の前に現れたものを見て頷いてくれたコア達。結界が壊れたことで洞窟の入り口が現れ、俺のしたことを理解してくれたようだ。いつも驚かせてしまって申し訳ない。

「しかし、また洞窟か」

さっきみたいに、やたら長いだけの洞窟だったら嫌だな。……確かめますか。

「行こうか」

洞窟に入ってすぐに気が付いた。何か空気が違う。何だろう？　警戒をしながら奥へ進む。二カ所目と違ってすぐに扉にたどり着くことができた。よかった。

「ここの扉も装飾がないな」

何もない可能性があるのか？　扉の取っ手に手をかけて力を込める。抵抗なく開く扉に、二カ所目が思い出される。……何もないのかな。

扉が開いた瞬間、部屋の中に光が灯された。少し気が緩んでいたので、一瞬体が硬直してしまった。慌てて警戒するが、攻撃魔法の類いではなくただの明かり。

「……はぁ」

開いた扉から、部屋に入る。目の前に広がっていたのは、壁にびっしりと詰め込まれた本。重厚な机に椅子。机の上には紙の束が積み重なっている。

「書斎？」

まさかこんな場所があるとは思わなかったので、驚いた。部屋に入り、本を一冊手に取って中を確認する。

「まぁ、そうだよな。読めるわけないか」

ミミズが躍っているような文字の解析は無理だ。紙の束を確認するが、同じ文字だった。何か分かるかと期待したが、無理そうだな。とりあえず本棚を確認。机の上の積まれた紙にも目を通す。残念、日本語ではない。次に、机の引き出しを順番に開けていく。何だか悪いことをしている気分になるな。

「ん？　本？」

引き出しの中に、年代を感じる本が一冊。取り出すと微かに何かの力を感じる。その力を調べると、神力だが見習い達のものとは違うようだ。

「開けても大丈夫か？　まさか開けた瞬間ドカンとか」

まぁ、いままでそれはなかったから大丈夫だろう。開けるか……あれ？　いまの考え方に違和感を覚えるんだが。気のせいか。……まぁいいか。

ふ～、何も起こるなよ。本を開けようとすると抵抗する力を感じた。新しい力を徐々に強めて、力を押し返す。あと少しと力の放出を強める。

「よしっ！」

ボッツ。

「あっ……えっと……」

本に掛かっていた力を押し返すことに成功はした。が、どうやら込めた力が多かったようだ。目の前で本が燃えた。いや、正確には一瞬で燃えて灰になった。

力の微調整って難しいよな。「重要な本だった」なんてことがないことを祈ろう。

209.　……どこかの天で……。

―ある場所で、神と部下の会話―

「まったく、少し目を離すと何を始めるやら」

目の前に積まれた書類に手を伸ばす。それには、部下の失敗による被害報告が書かれている。読んで、そして……放り投げた。まったく、やってられないよ。どいつもこいつも。

「失礼します」

「ぁあ～、入るな～、仕事を増やすな～、帰れ～」

「すべて拒否いたします」

「……う・ざ・い」

「はいはい。少し前に戻ってきた彼らがどこから飛ばされたのか、ようやく突き止めました」

「分かったのか？」

「はい」

「どこ？」

「名前の未定な未承認な星です」

「……はぁ？」

「ですから――」

「何度も言わなくても分かる」

「ならば聞き返さないでください」

本当にこいつは何と言うか融通がきかない。いや違うな。真面目すぎる。そうだ、くそ真面目すぎるんだ。よく私の部下をやっているよな～。

「他の者達に泣きつかれましたので。あなたをどうにかしてくれと」

「勝手に人の心を読むな」

「いえ、読まなくても分かります。それと書類を放り投げないでください」

「あ～、休憩したい」

「し・ご・と、の時間ですから」

「はいはい」

あ～、それにしても未承認な星？　いったい誰が何をしているのやら。そういえば、少し前に見習い達が処罰されたっけ？　どんな問題を起こしたのか知らないが……随分早急だったよね。そういえば、監督達はどうしたんだろうね？　問題を起こした奴らだけが原因ではないだろうに。

「これを」

また書類。簡潔に口頭で伝えてくれたらいいのに。

「口で伝えたら、あとで聞いていないと言いますので」

「…………そんなことは――」

「これまでの経験での判断です」

「……あ、そう」

書類を読む。そして…………。

「はぁ」

「怒り狂わないでくださいね。あなたが暴れたら被害がすごいことになりますから」

「分かっている。だから落ち着かせている」

なるほどな、見習いどもをさっさと処罰した理由は私か。ハハハ、ばれないと思ったのかね～。

それにしても。

「この男も、私の管轄の者なのか？」

「えぇ、どうやら巻き込まれたようです。いまの状態は、その書類に書かれている通りです」

「帰ってきた者達は、時間がかかりそうだって言っていたね」

「はい。ですが時間をかければ、また転生できるだけの力は戻るでしょう」

「そうか」

書類を読み進める。そして、ある一文に目を留める。彼らを私の元に帰してくれた者が……「既に人ではない可能性がある」と書かれている。

「あれには、そう簡単に手を出しては駄目だと何度も通達しているのだがな」

「一見、誰にとっても幸せの構図に見えますからね」

「誰にとっても？　ハハハ、あれほどひどいものはない」

書類を机の上に置く。体の中からふつふつ怒りが湧きあがってくる。だが、それをぶつけることはできない。それをしていい立場ではないからだ。というか、私が怒りで力を解放したら、星が数十個ぐらい吹き飛んでしまう。力が強いということは、ものすごく不便だ。感情のままに、行動できなくなるのだから。

もう一度、書類に手を伸ばす。少し前に、魂力を消耗した者達が現れた。調べると、私が管理している星から突如として消えた子供達だった。私は、その子供達をずっと捜していた。私が守らなければならなかった子供達。言い訳になるが、あの当時私が見守る星は多すぎてすべてに手が回っていなかった。その被害者である子供達。それが、不意に姿を見せたのだ。しかも、存在が消えるのではと心配するほど魂力をすり減らして。

何が起こったのか、すぐに魂に触れて記憶を調べたかった。だが、あまりにも傷つきすぎた魂力は、間違った方法を取れば消滅してしまう。消滅してしまえば、すべてのことが分からなくなってしまう。そのため、魂力を取り戻すことを優先した。

時間がかかったが、ようやく魂から記憶を取り出すことができたようだ。この手の中に書かれているのは、帰ってきた子供達が経験した事柄。

「はぁ、場所の特定は？」

「いま、すべての記憶を突き合わせて調査中です」

「そうか。場所が分かったら私が行く」

「分かっています。ですが、けして怒りにかられないように」

「努力する」

彼はいま、無事だろうか？

「関わった神達は？　それに見習い達はどこにいる？」

見習いを消滅させるのには、上の者のサインがいる。だから処罰という形を取ったのだろう。そういえば、処罰された中にライバルのお気に入りがいたな。まさかあいつが関わっているなんてことはないよな？

「割り出し中です」

「そうか」

「急いでくれ。彼が心配だ」

私に子供達を帰してくれた彼も、私の大切な子どもの一人。何か問題が起こっているなら、手助けしなければ。

「報告しますか？」

「そうだな。この件は公表して、勇者召喚そのものを問題ありとするか」

あんな馬鹿げた神の御遊びを、いつまで放置しておくのか。いい加減神々は認めるべきなのだ。

永遠は地獄だと。

「あぁ、関わってはいないが傍観(ぼうかん)した神(バカ)どもも調べておいてくれ」

全員、はっ倒す。

「過激なことはやめてくださいね」

「問題ない」

「あなたの問題ないという言葉ほど当てにならないものはない」

「そうか？　私の言葉は重いと思うが」

「はぁ、そうでもあり。そうでもないです」

何だそれは。紙にもう一度目を通す。この男、魂の記憶ではかなり不思議な力を使っている。どんな力なのかは興味があるな。

まぁ、それもすべて問題が解決した後の話だな。いまは、彼の安全の確保が最優先だ。

210. 水龍三　ふわふわ。

―住処（すみか）の湖に住む水龍のふわふわ視点―

「今日はどうだった？」

飛びトカゲの声に、視線を向ける。相変わらず、ケルベロスの見張りをしている。いや、最近はただ様子を窺っているだけのような気もするが。

「初めて主の失敗を見た」

「主の？」

「あぁ、どうも力の加減を間違えたようだった」

「珍しい～」

後ろから風龍、水色の声が割って入る。それに少し驚くが、いつものことだ。コイツの気配は風に紛れて読みにくい。

「力加減か。笑っているけど苦手なのはお前もだろう？」

俺の言葉に水色が、少し表情を歪ませる。

「主のはたまたまだろうが。いつも絶妙な力加減をしておるのだから」

確かに飛びトカゲの言うとおり、主の力加減はかなりすごい。あんな細かい調整ができるのは主だけだろう。俺には無理だ。

「いまは苦手だが、練習すればできるようになる」

水色の言葉に驚く。コイツの口から、練習などという言葉が出てくるとは。

「へ〜」

「そういうふわふわだって、俺と似たようなものだろうが」

「水色よりはできる」

「年寄りだからね！」

「あまり変わらんだろうが！」

四〇年、五〇年の差なんて、ないようなものだ。

「言っておくが、お前ら似たようなものだからな」

飛びトカゲの言葉に水色が俺を見て笑っている。ムカつくな。

「加減を忘れて畑を潰しそうになったことはない」

「あっ、あれは！」

「しかも、ゴーレム達に追いかけ回されて、飛びトカゲに助けを求めていたよな？」

「う～」

水色が悔しそうに声を出す。よし、今日は勝てた！　二日前の仕返しだ。

「それにしても、なぜ力加減に失敗したのだ？」

飛びトカゲが、俺達の言い合いを止めるように言葉を発する。水色が何か言おうとするが、飛びトカゲの表情を見て止める。俺も飛びトカゲを見て、そっと視線を外した。いつもは優しいコヤツだが、いまの表情は笑顔なのに目がすわっている。これ以上続ければ、本気で怒られる。飛びトカゲは、俺達の中で一番怖いからな。前の時のあれは……ハハハ、思い出したくもない。

「見習いどもが残した本だ。結界で守られていた」

「結界に問題があったのか？」

水色の言葉にあの時のことを思い出す。

「どうだったかな。感じた気配は普通だったが」

これといって、不穏な力は感じなかった。とはいえ、見習いどもが作ったものだからな。問題ないと断言はできないな。

「本はどうなったのだ？」

飛びトカゲが聞いてくる。

「一瞬で灰になった。見事だったぞ」

「うわ～さすが主だな」

水色が感心したような声を出す。確かにあまりに一瞬の出来事だったな。

「本は普通のものか？」

「いや、魔法書だと思う。本から独特の力を感じたからな」

「魔法書？……うわっ、また来た。この知識が思い出される感覚どうにかならないかな。気持ちが悪くなる」

「あぁ、ソレな。いろいろ頑張ったが無理だったぞ」

俺の言葉に、水色が大きなため息をつく。そして諦めたように、いま解放された知識を調べているようだ。

魔法書。紙に魔力が込められている本だ。この本は、ある特定の力に反応して文字が浮かび上がる。強大な力を生み出す魔法陣や代償を多く必要とする禁術などが書かれている書物に使われている。あの本には、いったいどれほどの情報が載っていたのか。気になるな。

「主の力の方はどうだった？　何か分かったか？」

「駄目だった。主の結界が強力すぎて調べられない」

「そうか」

飛びトカゲは、俺の返答に残念そうな声を出す。今回俺が主のお供についていったのは、主の力を調べるためだ。少し前、起きてきた主を見て全員が驚いた。なぜなら主の周りに厳重な結界が張り巡らされていたからだ。何か事情があるはずだが、言葉が通じないため知ることができない。そのため、順番に主のお供をして結界の原因を探ろうとしているのだ。いまのところ、これといった結果は出ていない。

「言葉の方はどうにかなりそうか？」

俺の質問に飛びトカゲが首を横に振る。どうやらこちらも良い結果が出ていないようだ。

主と言葉を通わせる方法を飛びトカゲは模索している。神獣(しんじゅう)としての知識のどこかに解決方法があるのではないかと思っているのだ。

「どうして主には、解読魔法が効かないんだろうね。他の魔法は効果があるのに」

水色の言葉に俺も飛びトカゲも大きく頷く。以前、飛びトカゲが主の傷を癒やしたことがある。

その時、飛びトカゲの力は主に効いていた。他にも、結界を主に張ることもできた。これから考えると、魔力の相性は悪くないはずだ。それなのに、言葉の解読魔法だけがまったく効かない。

「誰かに邪魔をされていると思わないか？」

「誰に？　主と俺達の間の邪魔をして何のメリットがあるんだ？」

飛びトカゲの言葉に水色が首を傾げる。俺も首を捻(ひね)る。そんなことをして誰の得になるのか。

「だいたいこの世界を知っているのは、ここにきたあの神だけだろう？」

「それはないだろう。見習い達に罰を下すのはあの神一人の判断では無理だ」

「あっ、そうか」

俺の反論に水色が失敗したという顔をする。

「そういえば、あの神は随分と神という存在に夢を見ていたよね～」

「夢？」

そうだったかな？

「夢というか理想だな」

あぁ、そういえば神とはこうあるべきという理想を持っていたな。でも、それは悪いことではないだろう。

「悪いことではないが、盲目的にそれだけを追い求めるのは間違いを犯しやすくなる」

飛びトカゲの言葉に水色と一緒に首を傾げる。そういうものだろうか？　理想を求めるのはいいことだと思うのだが。

「分かっておらんな」

飛びトカゲが苦笑いをして俺達を見る。

「すまん」

「理想を追い求めるのはいいんだ。だが、余裕がないと理想から外れた者の存在を認められなくなる」

認められない。確かにそうかもしれないな。

「認められない存在はどうする？」

「どうするって、どうすることもできないよね？」

「あぁ、神だからといって何でもできるわけではない。殺すことは禁止されているしな」

水色の言葉に同意するが、なんとなく違和感を覚える。確かに殺すことは禁止されている。それは知識が教えてくれた。だが、手を下さなくても殺す方法があるのでは？

「たとえば、助けがいると知りながら放置する。結果死んだとしても神は殺してはいないことになる？」

あれ？　その状況って……。

水色と沈黙してしまう。もしかして、俺達って死ぬのを待たれているとか？

「「…………」」

「可能性としてはあるだろうな」

飛びトカゲの言葉が重い。理想から外れているからいらない？　そんな勝手なことがあるのか？

主を殺そうと？

「まぁ、まだ憶測だ」

確かに飛びトカゲが言うように、憶測だ。だが、あながち外れていないような気がするのはなぜだろう。

「主に解読魔法が効かない理由も、説明がつくね」

水色の言葉に頷く。主の力は膨大だ。あれだけの力があれば、どんな状況に陥っても打破できるだろう。だが、その力を借りるには言葉でしっかりと説明する必要がある。映像で見せるのにも限界があるからだ。

「言葉が通じなければ、助けを求めることもできない」

誰かの理想のために排除されるのは嫌だ。主を殺そうとする者がいることも、許せない。

211. 行動力……最後の問題。

どう考えてもおかしいよな。俺は自分の性格を、しっかりと把握している。情けないが、ものすごく怖がりだ。そのため、色々と調べてからでないと行動に移すことができない。正直この行動力のなさから、色々と損はしている。周りからも、優柔不断だと思われているのも理解している。ついでにそれほど頭もよくない。でも、既にこれらについては諦めている。どう頑張っても怖がりは直らなかったし、勉強は苦手だった。

この世界に来てからの行動を思い返す。おかしい。何でこんな判断力、行動力があるんだ？　昨日もそうだ。「灰になった本」だが、なぜ何も調べずに結界を壊しにかかった？　元の世界にいた時の俺なら絶対に考えられない行動だ。だが、いまの俺にはアレが正しかったという思いがある。いまもだ。これは、日本にいた時の俺からしたら、不自然だ。

「俺の判断だよな？」

誰かに操られた可能性はないと、直感が言っている。なので、間違いなく俺が自分で判断したのだろう。では、なぜあんな判断を下せたんだ？……はぁ、これも分からないことの一つか。ここ最近問題だけが浮き彫りになって、一つも答えが出せていないな。

「でもまぁ、別に気にすることではないのかな？」

いま、それで困ったことにはなっていない。なら別に気にするだけ時間の無駄だろうか？　シンプルに考えよう。元の俺では、問題が浮かび上がる度に身動きが取れなくなっていただろう。ここでそれは困る。なら原因は不明だが、いまの生活にこの性格はプラスだ。だったら、いまはこのままでいいな。

「確かにおかしいが、問題にはなっていない。プラスに働いているのだから、気にするだけ無駄だな」

そうだ、深く考える必要はない。……ん？　大丈夫だよな？　大丈夫だ、問題ない。

「ふ～。熱のせいかな、おかしなことを考えた」

『……、…………』

あっ、まただ。何か聞こえる。昨日の朝も、聞こえたよな。いったい何なんだ？

『……、…………、…………………』

耳を澄ませるが、何を言っているのか理解できない。でもなんだか、昨日より近づいてきているような気がする。

『……………………か？』

あっ、何か聞こえた！

「もう一度！」

耳を澄ます。

「…………………んっ？」

あれ？　聞こえなくなってしまった。もしかして声を掛けたのが駄目だったのか？

「はぁ、残念。でも、何か聞こえたよな？　聞き間違いじゃない、絶対何か聞こえた」

何かの音？　……違うあれは……言葉だった気がする。それに、語尾が上がっていたような気がするから、疑問？　はぁ、考えても、いまの状態では何も分からないか。諦めて明日を待とう。たぶん、また聞こえてくるはずだ。

「今日で最後だな～」

見習いどもの残した問題も、今日でようやく一区切りだ。また何か出てくる可能性もあるが、とりあえず最後だ。というか、何も出てこないことを祈っておこう。ようやく次へ進めるのだから。

「まぁ、次は膨大な力を安全に発散する方法を探すことなんだが」

何から手をつけたらいいのか、まったく分からない。明日からのことを思うと、ちょっと気が重くなる。

「ダメだ！　今日できることを確実にだ」

深呼吸を数回して気分を変える。まずは、最後の一つをしっかりと解決しよう。

一階のリビングの扉をくぐる。

「「おはよう」」

いつものようにウサとクウヒから朝の挨拶が届く。

「おはよう二人とも。今日はちょっと曇り空だね」

「くもら？」

少し惜しいウサの言葉に、笑みが零れる。下降気味だった気分も癒やされる。

「くもり、だよ」

窓の外の、空をさして言う。ウサは口の中で何度か言葉を繰り返してから、空を見る。クウヒは言葉を覚えるよりお腹が空いているのか、テーブルに並べられる朝食を眺めている。

「ウサ、朝ごはん食べようか。一つ目達が準備してくれたよ」

食事が用意されているテーブルに向かう。部屋を見回すと、いつもの光景が広がっている。飛びトカゲは卵のすぐそばで寝そべっているし。二人の子天使達は、一つ目達からパンをもらって幸せそうに食べている。あの子達は本当にパンが好きだよな。


食事を終え、ウッドデッキで軽く休憩。その間に、最後の場所を確認する。見えた映像から分かったことは、いままでで一番遠い場所ということだ。今日も森を疾走することになりそうだ。

「よし、行こうか？　んっ？　今日はマシュマロが一緒なのか？　あとはクロウ達か、よろしくな」

そういえば、いつの間にかマシュマロは雪のない場所でも生活できるようになったな。成長したってことなのか？　まぁ、自由が増えるのはいいことだよな。

「今日はかなり遠いから頑張ろうな？」

きっと何を言っているのかはマシュマロには不明だろうが、俺の気分的な問題だ。魔物の石を取り出して、先ほど見た映像を石に伝える。そして、

「探索」

ふわっと光った魔物の石は、そのままスーッと森の中へ飛んでいく。あっ、しまった！　イメー

ジに修正を入れるのを忘れてしまった。魔物の石の飛ぶスピードはかなり速い、なので少しだけ修正して遅くするつもりだったのに。飛んでいった魔物の石を見るが、どんどん遠くなっていく。

……頑張るしかないか。

「急ごう」

頑張ってスピードを上げるが、全然追いつけない。気を抜くと、すぐに見失ってしまいそうだ。

くっそ～！　次は絶対に修正を入れる！

前を飛んでいる石が、速度を落とすのを確認する。どうやら予定の場所の近くに来たらしい。けっこう走ったな。というか、数時間の全力疾走。マジで疲れた。

「ヒール」

さすがだ。一瞬で疲れが消えた。

魔物の石は大きな石の前でぴたりと止まる。目的地らしい。確かに映像で見た大きな石がある。

「ストップ、ご苦労様」

魔法を止めると、空中にあった石がぽとりと地面に転がる。それを拾い上げてそっと拭う。今回は本当に活躍してくれた。この石がなかったら、大変だっただろうからな。石をバッグに入れて、大きな石を見る。

「これなんだよな、力を感じるのは」

大きな石から神力を感じる。この場所だけ、なぜか力を隠そうとしていない。それが何とも不気味だ。

212．反撃……ゆっくり吸収。

三〜四メートルぐらいある石の前で首を捻る。結界で守られていないところは初めてだ。本当にこれなのかと疑問が湧くが、確かに目の前にある巨大な石から強い神力を感じる。なので間違いないとは思うのだが……。それにしてもこの石に、どんな意味があるんだ？　あっ、もしかしたら新しい石像を作る予定だったのかも。

「まぁ、どんな理由があったとしても俺には関係ないな。壊すか」

壊して終わらせる。いままでと同じだ。掌を石に向けて粉々になるイメージを作り、新しい力で。

「粉砕！」

掌から光があふれ石を包み込むと……そのまま光が消えた。

「……あれ？」

光が消えたと同時に力が消えたのを感じた。石に吸収されたのか？　とりあえずしばらく待つが、巨大な石に変化は訪れない。どうやら失敗したようだ。もう一回、試してみるべきか？　いや、同じ結果になるような気がするな。

そっと石に触れる。冷たさが伝わってくると思ったのだが、まさかの温かさを感じた。石って、温かいものなのか？　上を向く。木々が邪魔をして太陽の光は届いていない。なので、太陽光で温められたということではないようだ。

「熱を発している石？　もしくは、生きている石とか……不気味だな」

石に触れていた手を離す。新しい力が効かないなら、魔力で試してみるか。もう一度、今度は魔力を意識して。

「粉砕！」

体がカッと熱くなり、体から膨大な魔力が放出される。あれ？　もしかして、危ない？　慌てて力を抑え込もうとするが、あふれ出した魔力が拳ほどの大きさに凝縮され巨大な石にぶつかった。

「ん？　なんで、マシュマロの上にいるんだ？　えっと〜」

なぜかマシュマロの上に乗って空をくるくる旋回している。おかしいな、マシュマロに乗った記憶はない。下を見ると、巨大な石が見える。あっ！　石に攻撃をしたら反撃されたんだった。魔力がぶつかった瞬間、石が光りものすごい爆風が起こって飛ばされたんだ。マシュマロの上にいるということは、助けてくれたのか。

「マシュマロ、ありがとう」

声をかけると首を伸ばして振り返り、グルルと喉を鳴らす。マシュマロも飛びトカゲのように喉を鳴らせるのか。まだまだ知らないことが多いな。

それにしても、すごい風だったな。どうするか。攻撃は危険だ。次に攻撃をした時に、爆風で飛ばされるだけとは限らない。

　というか、また俺は迷いなく攻撃を実行したな。まずは調べることが先決だろうが。はぁ、この性格は便利だが無謀だな。

「とりあえず、あの石を調べるか」

　マシュマロに、石の近くに降りてくれるようお願いする。周りを見ると、一緒に来た仲間達は全員無事のようだ。よかった。俺のせいで怪我などさせては申し訳ない。不安そうな表情をしているクロウ達の頭を順番に撫でていく。しばらくすると、皆落ち着いてくれたようだ。

　巨大な石を見る。そっと手で触れるとやはり温かい。先ほどより温かさが増しているような気がする。もしかしたら反撃したことで熱くなったのだろうか？　まぁ、どちらでもいいが。いま、重要なのはこの石の……壊し方。もしくは、何であるかを解明することか。でも、どうやって調べればいいんだ？　いままでは、ただ壊すだけだったからな～。石の内部に力を侵入させたら、何か分かるだろうか？　というか、俺ができることってそれぐらいだしな。

「やるか」

　深呼吸して気持ちを落ち着かせ、石の内部に新しい力を少しずつ少しずつ侵入させていく。一本の糸を、ゆっくりと中心へ差し込んでいくイメージだ。反撃されることを想定していたが、特に問題なく内部に侵入することができた。攻撃をする意思がないことが分かるのだろうか？　それとも攻撃した衝撃か何かに反応して反撃する？　まぁ、とりあえず中心部分を目指すか。

　……おかしいな。石の全体の大きさは高さ三～四メートル、横幅二メートルぐらい。もう既に中心を通り越しているはずなのだが、なぜかまだ奥へと向かっている気がする。

「どうなっているんだ？」

送り込んだ力の糸の長さを調べてみる。正確ではないが、四メートルぐらいのはず。既に中心を通り越して、反対側から出てもおかしくない長さだ。目で確かめているわけではないので絶対とは言えないが。だがいまも、力の糸は奥を目指して侵入を続けている。このまま進めても、大丈夫かな？

「ん？」

力の先端が何かを感じたため、奥へ進むのを止めて様子を見る。

「気のせいか？　何かあると思ったのだが」

気を取り直して、もう一度力の糸を動かす。すぐに何かに触れている感覚が、糸を通して伝わってくる。やはり気のせいではなかったようだ。

触れている力は特に反撃をしてくる気配はない。攻撃をしない限り問題ないということなのだろうか？　さて、力に触れているのはいいが……これからどうすればいいんだ？　調べるといっても、何をすればいいのか……。とりあえず、感じるのは……かなり凝縮された力だということだな。

あれ？　見習い達以外の神力を感じる。ん～、と言っても神力ってどれもよく似ているからな。俺もしっかりと区別できているわけではないし。確実ではないが、他の見習いもしくは神が関係している可能性もありってことは覚えておくか。

で、いまの問題はこの凝縮された力だよな。見習いどもが残した、最後の力だ。破壊は無理。おそらく攻撃したら反撃される気がする。

「攻撃以外で力を弱らせる方法……あっ、吸収だ」

力を奪ってしまえば、この巨大な石が問題になることはない。吸収は攻撃とは違うので、反撃されることもないだろう。ん？　……攻撃ではないよな？　ちょっと不安は感じるが、大丈夫なはずだ。

俺達をここまで誘導してくれた魔物の石を出す。どうやってこれに、あの力を誘導するか……。そうだ、力の糸って使えないかな。糸を伝って……ストローみたいに吸い上げる？　やってみよう。

イメージは長いストローが水を吸い上げる感じでいいか。こういうのはシンプルなイメージの方が失敗が少ない気がする。巨大な袋に入った水をストローが吸い上げて魔物の石に詰め込んでいくイメージを作る。量の問題とかは考えない。ただ、できるイメージを作り上げて。

「吸収」

魔物の石がふわりと浮かびあがり光りだす。それにビビっていると、巨大な石も光りだしてしまう。やばい、攻撃か？　爆風、もしくは違う攻撃に備えるために身を低く構える。クロウ達やマシュマロも、身を低くして構えているのが視界に入る。……？　しばらく待つが、何も起こらない。ただいまも、魔物の石は光っており巨大な石も光っている。よく見ると、二つの間が白い紐で繋がっているのが見えた。もしかして、力の移動で光っているだけなのかな？　というか、成功しているのか？

そっと魔物の石に手を伸ばす。が、なんとなく危険な気配を感じたのでやめる。魔法が発動されている時は、邪魔をしない方がいいだろう。きっと。

成功していると考えて、あの凝縮された力ってこの魔物の石一つで吸収できるものなのかな？　できるとして、いったいどれくらいで終わるんだろう？……魔物の石の予備って確か持ってきていたよな。バッグを探ると一〇個ほど出てくる。一つ目達が用意してくれたのだが、持ってきておいてよかった。

それにしても、石同士を繋いでる紐を見る。

「細すぎるよな」

侵入させる時は、反撃されないように細い糸をイメージした。ストローに変更する時、もっと太いストローをイメージすればよかったのだが、忘れていた。そのため、日本で売っていた飲料の紙パックについているような細いストローになっている。いったいどれだけ時間がかかるのか。

「いつ家に戻れるんだろうな～」

213. 長かった……主って？

「終わった～」

目の前にある巨大な石から神力が完全に消えていく。巨大な石の周りに転がる多数の魔物の石。そして少し離れたところに積み上がる、クロウ達が狩ってきてくれた大量の魔物……の死骸。一部食料として既にマシュマロとクロウ達の腹の中だ。原因は、魔物の石が足りなくなったため現地調達をしたからだ。

木々の間から見える空は、うっすらと明るくなってきている。この世界に来てから正確な時間がずっと不明だが、夜明けを迎える時間だということだけは分かる。長かった。本当に長かった。

……長すぎだろう、こんちくしょう！

途中神力を吸い上げるストローを太いストローに替えようと挑戦してみた。発動中の魔法に手を加えるのは攻撃以外では初めてのこと、ちょっと嫌な予感がしていた。だが、あまりの遅さに勇気を振り絞ってみた。案の定見事に弾かれた。あの時の手の痛さ……は、思い出せないが二度と発動中の魔法を修正しようとは思わないだろう。

あれ？　魔法を止めてから、太いストローをイメージして変更すればよかったのでは？……ははは、はぁ～。もっと早く思い付いていれば……。

それにしても、いったいどれだけの数の魔物の石が必要だったのだろう。巨大な石の周りに転がっている魔物の石を拾っていく。

「一、二……四八。四八個か」

元々一〇個の石を持ってきていたから三八個はこの場所で調達したことになる。少し離れた場所にある、積み上がった魔物を見る。……マシュマロとクロウ達がかなり大量に消費したようだ。残っている魔物の数は八匹。まぁ、マシュマロは体が大きいからな。

そういえば、生の獲物に食らいつくクロウ達を久しぶりに見たな。さすがオオカミというワイルドさがあったよな。血が滴った牙には引いたが。でもマシュマロの食べ方は、もっとすごかったな。

まさかの丸のみ。驚きすぎて魔物から石を取り出している手が止まって、見続けてしまった。

「さて、皆帰ろうか」

見習い達が残した、最後の問題の解決！　これで、ようやく自分の問題に時間をかけることができる。それにしても、疲れた～。腕をグ～ッと上に上げると、背中のあたりが痛くて気持ちがいい。

帰る前に狩ってきた魔物をバッグに入れる。予備のバッグを持ってきておいてよかった。次に巨大な石の周辺を調べて、問題ないかを確認していく。

「よし、問題なし。帰るか」

家に向かって走りだそうとした時、微かに違和感を覚えた。後ろを振り返る。神力が抜けきった巨大な石があるだけだ。

「……？　問題ないよな？」

目に見える問題は起こっていない。だが、何かが気になる。もう一度、石の周辺に視線を走らせる。見えるのは、巨大な石に静かな森だ。

「あの石が気になるんだよな……」

いままで力をなくしたものは、すべて崩壊しておいた。もしかしたら、石がそのままの姿なのが気になるのかも。掌を石に向けて、

「破砕！」

魔力がスーッと抜ける感覚がすると、目の前の巨大な石にヒビが入っていく。そして、ぼろぼろと石の欠片が地面に転がりだすと。ドーンと一気にすべてが崩れ落ちた。これでいつも通りだ。そ

のはずなのに、

「……駄目だ、違和感が消えない」

巨大な石があった場所を調べるか。石の残骸に近づこうとすると、石がふわっと光りだす。

「ぅわっ！」

光に驚くと、石の残骸を中心に風が強くなっていく。飛ばされないよう、身を低くして腕で顔を守る。おかしい、神力は全く感じないのにどうして魔法が発動するんだ？　魔力の方だろうか？調べてみるが、おかしい。魔力でもない。あ〜、もう、なんなんだよ！

風はすぐにやみ、光も収束していく。腕を下ろし、石の残骸があった場所を見る。

「ない……」

あったはずの、大量の残骸が消えていた。風で飛ばされたのかと周りを見るが、風で巻き上がった葉や枝が飛び散っているだけだ。どこにも残骸が落ちていない。

「どこにいったんだ？」

いまいる場所の周辺へ、探索魔法をかけて残骸を探す。

「ないな。やはり消えたのか？」

魔法を止める。さて、どうしたらいいのかな？　まぁ、消えたものはどうしようもないけどな。

「なんだかスッキリしないな〜」

思いっきり叫びたくなる。が、そんなことをしたら皆が心配するだろうな。

「はぁ、……帰るか」

ここにいても仕方ない。できることはした。ただ、思っていた結果とは違ったってだけだ。

森の中を家に向かって疾走する。今日はゆっくり休んで、明日から力を安全に発散できる方法を探そう。

「ただいま」

「「おかえり！」」

ウサとクウヒの笑顔を見ると、家に帰ってきたという気分になる。

「グルルル」

コアとチャイが一緒にいると、なんだか力が抜ける。それにしても、この二匹いつでもどこでも一緒だな。

ウサとクウヒはいまからご飯だったようだ。もしかしたら、待っていたのかもしれない。悪いことをしたな。一回、俺がいない時は気にせず食べてほしいと伝えたのだが、さすがにジェスチャーでは伝わらなかった。どうやって伝えれば理解できるかな。これはこれで難しい問題だ。

朝食後ゆっくりお茶をしていたが、疲れていたため寝ることにした。この体になって徹夜は平気というか問題なく数日続けられるのだが、精神的な疲れは取れない。今日は最後の最後でどっと疲れが押し寄せたからな。

ベッドに横になる。疲れているためすぐに眠れると思ったのだが……眠気が来ない。

……眠れない。

巨大な石を思い出す。あの石に感じた見習い達以外の神力。あの神力が原因で、違和感が拭えなかったのだろうか？　そういえば、初めて見習い達以外に神力を感じたな。それほど強くはないようだった。だが、見習い達に協力する誰かがいるという証拠なのだろうか？……考えても答えは出ないな。

「ふぅ～……思い通りにならないことばかりだな」

あ～、眠たくなってきた。ようやく眠れそうだ……。

『聞こえるか？　まだ無理か？　お～い』

あぁ、くそっ。……眠れると思ったのに。

「聞こえているが、何者なんだ？」

随分軽い感じの声だが、敵なのか？　味方なのか？

『ほ～、やはり先ほどの光は妨害魔法が崩壊したためか』

先ほどの光？　妨害魔法？　何のことだ？　光って、もしかして石が光ったあれか？　ん？　すぐ近くにいたってことか？

「すぐ近くにいるのか？」

ベッドから起き上がり部屋を見渡す。

『近くではないだろう。だが、誰よりも近い位置にいる』

どういう意味だ？

「意味が分からない」

『我(われ)を創造したのは主であろう？　我に命令を言えるのは主だけだ』

…………えっと、主？　誰のことだ？　それに、命令？　なんのことだ？

214.　眠いのです……あれ？　解決？

そういえば日本語だな。久々に聞いたな。ちょっとノスタルジックだ。

『聞いておるか、主』

聞いていません。そう言って逃げられたら楽だよな～。逃げたいが……。

『お～い、主』

何か随分と軽い話し方だな。それにしても眠いな。

「聞こえている」

『それはよかった』

「それより俺が創造したと言ったが、俺は記憶にないのだが」

『それはそうだろう、我が勝手に主の送ってきた創造を利用しただけなのだから』

それって俺が創造したとは言わないよな。まったく関係ないと言えるような……ふわ～。欠伸(あくび)が止まらないな。ふ～。

『だが、力を送ってくれたからな。我の主であることに間違いない』

力を送った？

「それこそ覚えがないが」

『そんなはずはない、我に力を送ってくれたのは主だ。我はずっと意識を封印されて力を自由に使われてきた』

意識を封印して力を自由に？　なんだか似たような話を知っている気がする。龍達を森に封印して力を利用……見習いどものやったことか。

「あの馬鹿ども」

う～、頭がボーっとしてくる。本当に眠い。

『だが、主が利用された力を我に戻してくれた』

利用された力を戻した？　力なんて戻したことあったか？　あっ、呪いの術返しのことか。呪いなら術返しだろうって勢いでやって、成功したみたいだから続けたんだよな。まさか、アレがそんな役に立っているとは思わなかったな。

『失われ続けた膨大な力がどんどん戻ってきたお陰で、我は封印を中から壊すことができた』

よかったと思えばいいのかな？　それより、俺っていったい何と話をしているんだ？　封印されて力を使われていたってことは、他にも龍がいるのか？

「聞きたいことがある」

『なんだ、なんでも聞いてくれ！』

何でそんなにうれしそうなんだ？

「お前って龍なのか？」

『主が龍がいいと言うなら龍にもなれる。だが、力が足りないからすぐには無理だが』

龍になれる存在なのか？　というか、龍になってほしいわけではない。いや待て、龍はかっこいい。確かにもう一頭龍が増えても……。

「いや、そうではなくて。はぁ、俺は何を考えているんだ」

どうも、頭が少しボーっとするな。

「いまはどんな……姿をしているんだ？　っふわ、眠い」

『どんな？　そうだな黒い石だ。主が想像したしめ縄というものを巻いた姿をしているぞ』

しめ縄？　最近しめ縄を見たような……あっ！　飛びトカゲが見せてくれた映像の中にあった。この世界でしめ縄を見るなんてと驚いたからな。……ん？　アレが俺の想像したしめ縄？　そんな想像いつしたんだ？　覚えがないが。

『どうかしたのか？』

「いや、なんでもない」

しめ縄といえば悪いものを閉じ込めておくイメージがあるな。もしかして、呪いが出てこないようにしめ縄を想像したのか？……駄目だ、やはりいつ想像したのか思い出せない。

というか、飛びトカゲが見せてくれた『あれ』と俺はいま話をしているのか。すごいな、とうとう石と会話ができるようになったみたいだ。あまり喜びはないが。

『主、我はどうしたらいい？』

どうしたらと訊かれても、俺もどうしたらいいのか。

「あ～、そういえば名前は？」

他の話で誤魔化せるかな。

『ない』

「ないのか？　不便だな」

『ならば、つけてほしい』

俺が？　名前つけるの好きだ。まぁ、下手なんだけどな。でも、意思があるのに名前がないのはなんだか可哀想だ。呼ぶ時「石」ではちょっとさびしいし。名前か、石の名前。何がいいんだ？

しめ縄……縄は英語で何だっけ？

「ロープ」

いや、これだとただの縄だ。

『我の名前はロープだな。分かった』

えっ！　いま、なんて言った？　あっ、もしかして俺、声に出していたのか？

「待った、いまのは違う」

『主、ロープだ。これからよろしく頼むな』

遅かったのか、これは。……疲れた。なんだかどっと疲れが。眠気もピークだ。

『で、我は何をしたらいいのだ？』

忘れてくれなかったか？　残念だ。

「あ～、この世界を守る存在にでもなればいいと思う」

考えるのがしんどくなってきた。というか、力があるならいまはこの世界を守る存在が欲しい。

俺の力が暴走してこの世界に被害が出る場合、この世界を守る存在が必要となる。

「そうだ。そうだよ！」

忘れていた。俺の力が暴走した時、この世界を守ることができれば、俺はまぁ、死ぬだろうが満足だ。もちろん、力の発散方法を探すが。もしもの時の対策があれば、安心だ。

『この世界を守る存在……我は必要か？』

「あぁ、絶対に必要だ」

『そうか！　そうか！　わかった。確実にこの世界を守る』

俺に何かがあった場合、俺から世界を守る存在が。

「頼むぞ」

俺の力の暴走から、何が何でもこの世界を守ってくれ！

『もちろん、主の命令だ。何があってもこの世界を守ってみせる』

よし、これで安心だ。

『ただ主、少し力が足りない。主からもらい受けたいのだがいいだろうか？』

力が足りない？　これは力を渡せばいいということだよな。いま、力の行き場所を探しているのだから問題ない。

「問題ないがどうすればいい？」

『我に力を渡すイメージを想像し、移動魔法を』

いつもとあまり変わりないが……ロープ？　のイメージが重要だな。飛びトカゲが送ってくれたイメージはノイズが入っていたが、何とかなりそうかな？

頭の中でロープ。やはりちょっと残念な名前だな、間抜けのような……諦めるしかないんだろうな。この世界に日本語が分かる者がいたら、爆笑されそうだな。はぁ。

って、いまは違うだろう。……よしっ！　えっとイメージだな……ロープに俺から力を移動させるイメージだな。俺の力の暴走からこの世界を守ってもらうんだ、力の出し惜しみはしない。魔力も、新しい力もすべてを移動させるイメージで……できた。

「移動！」

『ぅわ！』

「えっ……」

体からごそっと何かが抜けていく感覚に襲われると、同時に意識が薄れていった。


「んっ……ふわ～。よく寝た」

この感覚久々だ。最近では、力が動き回るのか熱が上がって目が覚めていたからな。いつか、体の中から焼かれるのではないかと不安だったんだが。今日は静かだな。何かあったのか？　体の中の力を調べる。

「ん？　何だ？」

昨日まであった膨大な力がない。いや、あるにはあるがそんなに慌てる必要がないぐらいだ。昨日まで、すぐに対処が必要だと感じるほどだったのに。何かあったっけ？

……………………あっ！

あったな。えっと確か……しめ縄をした石……ロープだ。そう、ロープに力を渡したから。って、かなり膨大な力を一気に送り込んだが問題なかっただろうか？　あまりの眠たさに、力加減が上手くできなかった。

「ロープ？　いないのか？」

名前を呼ぶが答えがない。まさか石が砕けたりなんて……いや、大丈夫のはずだ。攻撃などしていない。少し様子を見るしかないな。

そういえば、昨日は何の話をしたっけ？　何か重要なことを聞いたような気がするのだが……。おかしいな、全然思い出せない。えっと、確か俺が力を与えて。記憶には全くないがしめ縄を飾ったのも俺のイメージらしい。

……ロープと交信？　できたらもう一度話を聞こう。すべてがうろ覚えだ。

さて、今日から力の発散場所探しか……あれ？　力は昨日のことで随分と減っている。新しい力も魔力も前のように均整が取れて大人しい状態だ。問題解決？　いや、根本的な解決にはなっていないよな。でも、それほど慌てる必要はない。

ハハハ、まさか自分の命を脅かす脅威が減ったのにそれに気が付かないなんて。もっと喜びを噛みしめたかった気がする。睡魔に負けたのが、非常に残念だ。

215. 度忘れ？……会話。

ウッドデッキでお昼のお茶を楽しむ。あれから二日。ロープからの交信はない。力を一気に渡したせいだろうか？　心配だな。どこにいるのか聞いておけばよかった。

「ミスったな～」

どこにいるのか、いや石なんだから置かれている場所の方が適切か？　違う違う、そこが重要ではなくて、置いてある場所を聞いておけば、見に行くこともできたのにってことなんだよ。

「そう言えば、何か言っていたな……」

確か、術返しした相手だったんだよな。神の話と照らし合わせれば、あれは【ませき】だと思う。ということは、あの問題のあった国のどこかにある。そういえば、力を使われていたと言っていたな。つまり、力を使っていた王の近くにあった可能性が高い。いまはどうだろう？　王がいなくなり力を使わなくなったとはいえ、力を持つ【ませき】だ。そのままにされることは、ないだろう。新しい王の安全のためにも、どこか遠くに移動させるはずだ。いや、もしかしたら新しい王も力を使うことを選ぶかも知れない。でもその場合は、ロープが話してくれているような気がする。駄目だ、情報が少なすぎる。

しかし、どうしてあの日はあんなに睡魔に襲われたんだ？　重要な話をしていることは、理解できたのに。なぜか眠気を払うことができなかった。まったく、もっとしっかりしていれば詳しく話を聞けたのに。

「はぁ、次の交信がくるのを待つしかないか」

俺の送った力で、どうにかなっていないといいが。どう考えても大量に送りすぎたからなぁ。ちょっと不安だ。

それにしても、この性格は本当に無謀だよな。何の知識もない状態でも、なんでも受け入れるのだから。何しろ不意に声が響いたのに、違和感なく会話を始められるのだから。元の俺だったら、いきなり声が聞こえたら幽霊だと思って大騒ぎするだろう。いや、騒ぐより気を失うか。……俺のビビり度合いから考えて、残念ながら後者だな。自慢ではないが、本当に幽霊関係は無理。絶対無理！　いや、幽霊だけではないのだが……ハハ、自分の駄目さ加減を思い出して落ち込みそうだ。

そんな俺が普通に対応できるってすごいよな。ただし、無謀すぎて時々やばいと感じる時がある。この性格って何なんだろう？　確実に俺ではない。だが、不思議なことに違和感がない。元の性格とは、かけ離れているのにだ。それだけではなく、受け入れている。というか、俺の性格の一部だという思いすらある。正直、気味悪い。いまの性格に、本当の俺が飲み込まれそうな気がするんだよな。

「考えれば考えるほど、恐ろしくなってくるな」

そういや、このことに気が付いたのっていつ頃だ？……あれ？　思い出せないな。なんでだ？　最近のことだったはずだ。

子供天使達を見つけた時か？　いや、もう少し後だったような。卵を見つけた時？　おかしいな、記憶力だけはあるはずなんだが思い出せない。

「はぁ、何らかの力でも働いているのか？」

しかし、思い出した時期を忘れさせてどうするんだ？　無意味だろうが。だったら、俺が度忘れしただけか？

「なんだろう、釈然としないな」

こういう時は、違う方向から考えてみるのだったな。テレビ番組の受け売りだ。

えっと別方向……俺はなぜ異なる性格に気が付けたのか？　そうだよ、なんで俺、気が付けたんだ？　まぁ、いま思えばすべてがおかしいのだが。なんたって怖がりだと認識しておきながら、行動が全く合っていなかったのだから。普通怖いと思ったら、足が竦んだりするだろう。なのに俺はすぐ行動、すぐ破壊だもんな。それをある時「違う、おかしい」と認識したんだよな。

「……いきなり違和感を覚えたんだったかな？」

いや、何かきっかけがあったはずなんだが。ん～駄目だ。何も思い出せない？　やばい、本格的に自分の記憶に不安を感じる。

少し前のことを順番に思い出していると、ふっとあたりが暗くなる。慌ててウッドデッキから庭に降り、周辺に視線を走らせる。親玉さんやシュリ、仲間達の慌てている姿が目に入る。空を見ると、太陽が真っ黒に染まっている。

「なんだ、あれ？　月食？　日食？　どっちだっけ？　いや、何か違うな」

畑から、ウサとクウヒが何か叫びながら俺に駆け寄ってくる。そしてそのまま腰のあたりにしがみつく。

「大丈夫だよ」

二人の頭をゆっくり撫でて落ち着かせる。リビングに行くように言おうとすると、爆音が空に響き渡る。とっさに二人を抱き込んで地面にしゃがみ込み、空を仰ぐ。空では光があちらこちらに現れ、そして小さな爆発を繰り返していた。しばらく見ていると、空全体が眩い光に覆われていくので目を逸らしぎゅっと瞑る。その間もずっと爆音が響き渡る非常事態だ。仲間達は大丈夫だろうか？

どれくらいたったのか音がやみ、瞼を閉じても感じていた光が消えた。そっと瞼を開き、周りを確認する。既にシュリ達が動きだしているのが見える。龍達も庭周辺を上空から調べているようだ。空を見ると、黒く染まっていた太陽が元に戻っているのか、眩しくて見られない。

「大丈夫か？　ではないな」

ウサが震えて泣きだしており、クウヒも目に涙が溜まっている。

「大丈夫だよ。もう落ち着いたから」

「本当？」

ウサが泣きながら聞いてくる。

「あぁ、周りを見て。もう何もないだろう？」

これでもう一度何か起こったら、嘘つきだな。ちょっと不安だが、何とか落ち着かせないと。

「うん」

「ウサ、大丈夫だって。主もいるんだし、な」

「クウヒ、ありがとう」

ウサとクウヒの頭をそっと撫でる。少しすると落ち着いたのか、ウサの涙が止まった。それを見て二人にリビングに戻るように促す。心配そうにしていたが、アイ達が来てくれたので安心したみたいだ。

「アイ、頼むな」

「分かった」

アイが返事をすると、おそらくラキとアミだろう二匹も頷いてくれた。二人と三匹がリビングに入るのを見送ってから、庭に集まっているコア達のもとへ行く。

「何が起こったのか、分かる者はいるか？」

「主、確認したが誰も知らない現象だ」

コアが、空を見ながら答えると、上空を飛んでいたふわふわが降りてくる。

「我々の知識の中にも、あんな現象を起こせるものはなかった」

知識？……ああ、龍達には何か特別な知識があるのか。知らなかったな。

「そうか」

分からないか。また、何か森に起こるのか？　対処できることならいいが。

「マシュマロと毛糸玉が上空から森を確認してくるが、何に気を付ければよい？」

ふわふわが聞いてくるが、何が起こっているのか不明なため、何に気を付ければいいのか分からない。どうしようかな。

「そうだな。いままで森の中になかったものがあるか調べてほしい」

見習いどもが作ったものが表に現れた可能性もある。あっ、奴らなら神力だ。

「探知」

森全体に探知魔法をかけて神力を探す。意識が森を撫でるようにスーッと流れるのを感じる。いままでになかった感覚だ。いままでに？　何のことだ？……まぁ、いいか。

「神力は感じないか」

ということは、見習いどもが原因でないのか？

「どうする？」

「とりあえず上空から、新たに何か現れていたり、変化しているものがないか探してくれ」

もしかしたら神力を、何らかの力で隠している可能性もあるからな。

「分かった。行ってくる」

「気を付けて」

ふわふわが伝言と森を調べるために、上空で待機している他の龍達のもとへ飛んでいく。これで森に異変が現れていれば分かるだろう。

「我々は地上から森を調べてくる」

親玉さんがそういうと、子供達を連れて颯爽（さっそう）と森へ行ってしまう。

「気を付けて！」

「主、我々も手伝ってくる」

シュリ達も森を調べに行くようだ。

「危険だと思ったらすぐに逃げてくれ。無理はするなよ」

俺の言葉に前脚を上げて答えると、親玉さんと違う方向へ行ってしまう。

「何が起こっているんだ？　はぁ、奴らの問題をすべて解決できたと思ったんだが、残っていたのか？」

畑を見る。農業隊の作業が二つに分かれているのに気が付く。

畑の周辺を警戒して見回っている者達、畑仕事をしている者達だ。すぐに対応できるあたりがさすがだな。

「問題ないか？」

『大丈夫』

近くにいた農業隊に声をかけると、いつものように頭に声が響く。なぜか今日に限って、少し違和感を覚えた。

「なんだ？」

あれ？　何かいま、おかしいと感じた。何がおかしいんだ？　目の前にいる農業隊を見る。いつもどおりだったはずだ。

「農業隊、いつもどおりだよな？」

『……たぶん？』

俺の言葉に首を傾げる農業隊。その姿をじっと見つめる。

何かが違うような気がする？　そう、いつもと違う。意味の分からない気持ち悪さに、周辺に視線を走らせる。コアとチャイと視線が合う。二人は俺を見て、グルルルと喉を鳴らした。

「……………………あっ！　言葉！」

そうだ、なんで普通に違和感なく話しているんだ！

216. 第四騎士団団長　八。

―エンペラス国　第四騎士団　団長視点―

「はっ？」

「ですから、アマガール魔術師がここ三日完全に徹夜をしているんです。心配ですので、どうにかしてください」

部下からの報告に顔が引きつる。部屋に入るまで見届けていたが、まさか部屋を抜け出して魔石を徹夜で観察しているとは。その根性には感服するが、やっていることはいただけない。

一〇日ほど前から魔石に変化が現れた。不定期に光るのだ。そして、何か音が聞こえると言っていた。だが、その音が何か誰にも分からないらしい。

そして運がないのか、アマガール魔術師がいる時にその現象が起きない。何度か徹夜を許可したが、体調面を考えてここ数日は部屋に戻るように言い聞かせていた。彼も既に七〇歳を超えている。体が強いといわれる獣人でも、無理をしていい年ではない。

しかし本人は無謀にも徹夜をし続けたそうだ。だから今日少し顔色が悪かったのか。まったく。

「分かった。報告ありがとう」

部下が部屋から出ていく。椅子に深く腰掛けて、大きく息を吐き出す。魔石に何が起こっているのか……。

「後から後から問題が起こるな～」

はぁ、とりあえずアマガール魔術師のところに行くか。しかしなんと言って、徹夜をやめさせればいいのか。言って聞くような人なら既に聞いてくれているだろうしな。……徹夜で見張り?

「それは嫌だな」

部屋を出て、ゆっくりと歩きだす。エントール国以外の国との関係も、ようやく落ち着いた。「森の王に助けられた国王」という事実が、やはり強靭な守りとなってくれた。そうでなければ、どこかと戦争していた可能性が高いからな。

食料に関しても、余裕ができたと報告を受けた。森の神が、田畑から余分な魔力を取り除いてくれたおかげで育ちがいい。森から流れ込む川にも随分と助けられている。

「森には助けられてばかりだな。会いたいな～、森の王に森の神。森の調査隊の希望を出したのに却下されたからな～」

そろそろ本気でガンミルゼを説得してみようかな。あ～でも、ガジーが邪魔しそうだよな。あの二人が一緒にいると、なかなか願いが通らない。というかガンミルゼは説得する自信があるが、ガジーは無理だ。絶対に首を縦に振ってくれない。……頑固者め。

ゆっくり歩いているのに、魔石を置いている魔導師棟に着いてしまった。アマガール魔術師を説得って……無理だろう。あ～、縄でぐるぐる巻きにしても魔法で逃げ出すだろうし。一応、縄で捕まえるのはエントール国から許可をもらっている。さすがに驚いて問題ないのかと聞いたが「いつものことなので」とすごい笑顔で言われた。あの時の顔は笑顔なのに怖かった。アマガール魔術師は、自国でいったい何をしているのか。まぁ、暴走しているんだろうけどな。今回みたいに。

魔石の部屋に近づくと何やら騒がしい。また何かあったのか？

「どうかしたのか？」

「あっ、ミゼロスト団長。魔石がまた光りだしまして、アマガール魔術師が……」

部下の何とも情けない表情。他国の魔術師をどう言っていいのか迷っているのだろう。チラッと部屋の中を見る……あれか。

「任せておけ」

部下の手前、そう言うほかないのだが正直俺も他の人にお願いしたいな。部屋に入りアマガール魔術師をしばらく眺める。……彼が笑顔で魔石に頬ずりしている姿を。

「……俺は何も見ていない。あれは幻覚だ。そう幻覚」

俺の言葉が聞こえたのだろう、魔導師達が苦笑いする。しかし本当に光っているのだな。それにしても、この光は……驚いたな。魔石は淡い光をまとい、何か音を出している。だが、その音は耳に届いているはずなのに理解できない。

「アマガール魔術師。少し落ち着かれてはいかがでしょうか？」

「これが落ち着いていられますか！　見てください！　魔眼の力で森を襲っていた魔石が、魔石が！」

アマガール魔術師が興奮するのも分かる。闇の力が光の力に変わるだけでもすごいというのに、目の前にある魔石からは癒やしの力が感じられるのだ。癒やしの力は、奇跡の力ともいわれている伝説級の力だ。ある文献では、その力を持つ魔石を「守り石」と紹介しているほどだ。

「しかし、この音は何なんですか？」

俺の言葉に、アマガール魔術師は頬ずりをやめて真剣な表情をする。……落差がすごいな。いまだったら、尊敬できるのだが……いや、無理だ。少し前のあの行動を見てしまったから、絶対に無理だ。

「分かりません。いま、ある人を呼びに行ってもらっています」

ある人？　近くにいた魔導師に視線を向ける。

「アッセ殿です」

魔導師の答えに首を傾げる。アッセ？　特殊な魔法が使えるため、保護の意味も込めて魔導師になってもらったんだよな。そんな彼をどうして？

「失礼します」

「あぁ、よく来ましたね。アッセ殿」

アマガール魔術師が、アッセのもとに駆け寄っていく。……七〇歳には思えないほどの瞬発力だな。ほんとに、知りたいと思うことには手を抜かない人だ。

「ひっ、いえ。えっと、何か用事があると」

アッセの小さい悲鳴が耳に届く。分かるぞ。アマガール魔術師の真剣な顔は怖いからな。それが一気に迫ってくるんだから恐怖だろう。

「あの音を聞いてください！」

「えっ？　あぁ、分かりました」

音を聞いてどうするんだ？　アッセが何か知っているのか？

「あっ！」

アッセの驚いた表情に、驚く。まさか本当に何か知っているのか？

「これは、似ています。　俺を助けてくれた森の神が発した音に」

何だと！

「やはりそうですか！」

アマガール魔術師の言葉にも驚く。知っていたのか？

「アマガール魔術師、説明してほしいのだが」

アマガール魔術師が口を開こうとすると、魔石の光が増す。その光は部屋全体を真っ白に染め上げていく。あまりの眩しさに目をつぶり腕で光を遮断（しゃだん）するが、それでも白い世界に襲われる。だが、以前感じたような恐怖は感じない。前は魔石が光れば、恐怖と畏怖(いふ)で震えたものだが。

「お～、素晴らしい」

アマガール魔術師の声が部屋に響き渡る。この状況でそれが言える彼はある意味すごい。しばらくすると光は落ち着いた。何が起こったんだ？

「あぁ、魔石が！」

アマガール魔術師の声に魔石を見ると、光っていた魔石の表面がぼろぼろと下に落下している。一瞬砕けるのかと思ったが、中からうっすらと水色が入った透明な魔石が現れる。ヒビも修復されたようだ。

「ヒビが消えている。それに魔石自体が……」

「素晴らしい！　見ましたか？　これぞ神秘です。また変化が起こる可能性がありますから、今日はずっと見ていなければ！」

それは却下！

「アマガール魔術師、昨日もその前も徹夜だったみたいですね」

「…………ちゃんと寝ましたよ。部屋まで送り届けていただいたではないですか」

アマガール魔術師は、少し間があったが俺の眼をじっと見つめる。嘘だと分かっていても、こうまっすぐ見つめて言われるとな。このあたりが、こうすると決めたら、梃子(てこ)でも動かないこの人の面倒くさいところだ。この状態の彼を説得するのは、無理。既に何度も経験している。

「はぁ、ここにいていいので、寝てください。ここなら、何かあればすぐに対処できるでしょう？」

「いえ、寝るなんて――」

「エントール国から医師を呼びますか？」

「ひっ！　そうですね、異変があればすぐ起きられますし、寝ましょう」

まったく。それにしても「医師を出すといいですよ」と、言われたが、誰が来るのか気になるよな。この状態のアマガール魔術師が怖がるんだから。まぁ、とりあえず横にはなってくれるようだ。

……俺も徹夜か。誰か、代わってくれないかな？　まぁ、数日代わった部下全員が「無理だ」と、泣きついてきたからな。……無理だな。

217. どうなっている？……お前か！

「言葉がどうかしたのか主」

コアとチャイが心配そうに聞いてくる。おかしい。なんで二匹とも普通なんだ？　さっきの俺のように、気が付いていないだけか？

「コア、チャイ。俺と会話していることを不思議に思わないのか？」

二年近く一緒にいて、ずっと意思を伝えることでは苦労してきた仲間だ。きっかけがあれば気が付くだろう。

「かいわ？　あぁ、会話のことか。我は何も感じないが、どうかしたのか？」

えっ？　何も感じない？

「俺とコアは、いま初めて会話を交わすよな？」

「主、大丈夫か？　いまが初めてなわけがないではないか。いままでのことを忘れたのか？」

なんだって？　いままでのこと？

「……チャイもか？」

「あぁ、コアの言っているとおりだ。本当に、どうしたんだ？　もしかして誰かに洗脳でもされたのか？」

二匹の心配そうな表情。彼らの様子から嘘を言っているようには見えない。……俺の記憶がおかしいのか？　いや、そんなはずは。なら洗脳された？

「ちがう。そんなことされていない」

ふぅ〜、落ち着け。焦ってもいいことはない。そうだ、最初に話したのがいまでないとしたらいつだ？

「コアと最初に話したのっていつだったか、覚えているか？」

「最初？……森の中で会った時であろう？　確か、我が後ろから怒鳴りつけたのだったな」

確かに、最初に森で遭遇した時コアは俺の後ろにいた。そして唸り声をあげられた。だが、あの時に会話はできていない。どうなっているんだ？　同じ記憶なのに、会話の部分だけがずれている。

「主？」

主？……そういえば、主と呼ばれているな。ハハハ、なんでいま頃それに気が付いたんだ？　さっきから皆、俺のことを主と呼んでいる。俺も違和感を覚えることなく、自分のことだと受け止めていた。そんな風にいままで呼ばれたことなんてないのに……なんだよ、これ。背中にひやりとしたものが走る。

「主？　大丈夫か？　顔色が悪いが」

落ち着け。

「大丈夫、悪いな。少し混乱したみたいだ」

何かが起こったことは、わかった。洗脳の可能性がある、だがどちらにだ？　いままでのことを考えると、俺以外に会話できることについて疑問を抱いている者はいないように思う。つまり、俺の記憶が間違っているということか？……頭が、おかしくなりそうだ。少し、この問題はおいておこう。まずは先ほどの問題からだ。

「ところで、コア達はさっきの現象が何か分かるか？」

そうだ、さっきの光と音。あの後から会話が成り立っているのだから、アレが原因なのだろう。あれで、全員が洗脳された？　もしくは、俺だけが洗脳された？　いや、洗脳だと決めつけるのは駄目だ。

「あのような現象は初めて見る。申し訳ないな主」

コアが少し落ち込んでしまう。そんなことは、気にしなくてもいいのに。

「気にするな、コアは悪くないからな。……少しいままでと違う態度の者はいないか？」

コアの頭を優しく撫でながら隣のチャイに問いかける。

「ん？　態度が違う？」

「あぁ、戸惑っているような態度の者はいなかったか？」

「とりあえず、全員を確認したがいつもと変わらなかったな」

「そうか。怪我した者は？」

「それも大丈夫だ」

チャイの言葉に、ホッとすると同時に少しがっかりしてしまう。仲間は全員、無事。俺のようにおかしなことを言い出した者もいない。本当に俺だけなのか？　叫びそうになる心を、ぐっと掌を握り込むことで抑える。

「そうか、よかった」

誰も知らない現象。集団洗脳か特定の人物だけの洗脳か。見習いどもが仕掛けたことなんだろうか？

……駄目だ。いまは落ち着いて考えることができそうにない。震えそうになる体を、深呼吸を繰り返して落ち着かせる。いまは、無様な態度は見せられない。皆に心配をかけることになるからな。

「主、ウサとクウヒは落ち着いたので問題ないぞ」

子供達とリビングへ行ってくれていたアイが、報告に来てくれた。子供達のことは心配だったので、感謝をこめてアイの頭をゆっくりと撫でる。

「ありがとう、アイがいてくれてよかったよ」

考えるな。いまは原因を考えるな。いまは必要ない。

「主に褒(ほ)められるとうれしいな」

アイの言葉に少し気持ちが浮上する。

「ありがとう」

不気味ではあるが、意思疎通ができるのはうれしい。俺の中では、今日が初めてなのだから。

仲間から少し離れ、森全体に神力や知らない力がないか、もう一度魔法で調べていく。何もないことにホッとして、コア達に報告する。彼らも、安心した表情を見せてくれた。後で龍達や親玉さん達がもっと詳しく見てきてくれる。とりあえずは、それまで待機ということになった。

疲れたので寝室に戻り、ベッドに転がる。何が起こっているのか。俺だけが、記憶を変えられたとしたら理由は？　原因は間違いなく先ほど起こった光と音だ。アレが落ち着いた次の瞬間から、ウサ達と会話ができていたのだから。それに最初は、俺もコア達同様違和感を覚えていなかった。まるで当たり前のように会話をしていたんだよな。

「気持ちが悪いな、何なんだこれ」

あの光と音。無意識に調べていたのだが神力ではなかった。それに魔力でもなかったんだよな。あの力、どこかで知っているというか親しみがあるというか……。あれ？　あの力って俺の力と似ていないか？　胸に手を当てて、体の中にある新しい力を感じとる。スッと流れる力を感じる。

「間違いない、俺の新しい力に似ている」

この力を持っている者が俺以外にいるということか。この世界に？　それとも見習い達の誰かが

「あるじ～！　この世界の主導権を握ったぞ！」

「はっ？　手動？　えっと、何だ？　あっ、ロープか？」

いきなり大音量の声が部屋に響き渡る。耳元で叫ばれたわけではないのだが、耳がちょっと痛い。というか、なんだか恐ろしい言葉を聞いた気がする。まぁ、そのお陰でいままでの鬱々（うつうつ）とした気分が吹っ飛んだが。

「主からもらった力で、簡単に主導権を握ることができたぞ。さすが主の力だね。我に力を与えてくれて感謝する」

力……確かに力が足りないというから、ロープに譲ったな。目を覚ましたら、昨日まであふれそうだった力が根こそぎ消えていたから、本当に驚いたもんな。一気に力を渡したから、何か問題が起きたのではないかと心配だったけど、それは大丈夫だったみたいだな。よかった。

「主、聞いておるか？」

よかったが、その力で何をしたと？　この世界の主導権を握った？

「ハハハ、なんのことなんだろう、おれはむかんけいだよね」

「主、大丈夫か？　何だか話し方がおかしいが、疲れておるのか？」

大丈夫じゃない。おかしなことを聞いて、一気に疲れた。はぁ、関わりたくないが、そうもいかないんだろうな。はぁ、えっと主導権というのは、確か物事を動かし進めることができる力だ。つまりこの世界を動かせる力を得たということか？

「えっ、マジ？」

ロープが嘘を吐く必要はない。つまり本当に主導権を握ったのか？　あっ、だったら今日起きたことを知っているのではないだろうか？

「ロープ、今日昼間に光と音が空を覆い尽くしたんだが、あれは――」

「そうあれ！　主の力を使ってこの世界に掛かっていた余計なものを剥ぎ取ったんだが、想像以上にすごかったよね！　そうだ、主が仲間と話したいと思っていたからそうしたが、問題ないか？」

「つまり………原因はお前かだったのか！」

「原因？」

俺の力であの現象を起こしたのか、だから親しみを感じたのか。しかも俺が仲間と話したいと思っていたから、そうした？　さすが主導権を持っているだけはあるな……。

「ハハハ、まさかの答えが出たよ」

「主、大丈夫か？　元気がないようだが、今日何かあったのか？」

ハハッ、疲れたな～。あっ、余分なものを剥ぎ取ったって言ってたっけ。聞かないと駄目だが、力が抜けて聞く気力が湧かない。少し心が休憩する時間をください。

218. えっ、違うの？……怖すぎる。

「主、どうしたんだ？　俺は何か間違ってしまったのか？」

力が抜けて座り込んでしまった俺に、心配げな声が掛かる。はぁ、心配をかけるのは悪いと思うが少し待ってくれ。

今日は、本当に気持ちが折れそうだったんだ。話ができることは確かにうれしいことではあった。だがたった一人、記憶が違うということがどれほどの恐怖を呼んだか。あまりの恐怖に認めることができなかったが、

「怖かったんだよ。マジで……」

自分の記憶が正しいという思いと、もしかしたら違うかもしれないという不安。それらが交互に俺を襲っていた。この世界に来てから現れた勇敢で無謀な性格がなければ、気がおかしくなっていたかもしれない。まぁ、自分の性格が二つあると思っている時点で既におかしくなっている気もするが。

「主……もしかして、余計なことをしてしまったか」

「いや、会話で意思の疎通ができると便利だと、今日しみじみ感じたよ」

それは、確かだ。特に今回のように何か事が起こった時、意思の疎通はやはり重要だからな。

「ロープ、ありがとう」

「よかった。主に恩返しがしたかったからな」

「でも、ロープ。どうして俺だけ記憶を変えたんだ？　そのお陰で少し混乱したんだぞ」

少しではないが……。

「えっ？……記憶を変えた？　ごめん主、何のことだ？」

えっ？　ロープが俺だけの記憶を元に戻したわけではないのか？

「えっと、俺の。違うな。……どう聞けば……」

どのように聞いたら適切だろうか？

「仲間の記憶と俺の記憶が違うんだ。仲間達は、俺と出会った当初から会話が成り立っていたと思っている。だが、現実は今日からだ。なぜ、記憶が異なっているんだ？」

「我は、そんな複雑な魔法はかけておらん。我の魔法は、主が必要と感じた者達と会話ができるようになれと、変換魔法を発動しただけだ」

すごい大雑把な魔法だな。それでよく成功したものだ。しかも基準が俺？　なんと言うか、ものすごく間違っているような気がする。でもまぁ、助かったからいいか。

「話を聞く限り、その魔法で記憶を変換されるのはおかしいな。ロープ、魔法はそれだけか？」

「そうだ。あぁ、でも魔法を発動させる時に、誰も混乱しないようにとは思ったけど」

混乱しないように？　それが記憶を変換することと繋がるだろうか？　もし記憶を変換されていなければ、急に俺と話せるようになったことに驚くだろう。一瞬驚いて、話せたことを喜んで、それで終わる。どう考えても混乱はしないよな。それにこの考えだと、俺の記憶が戻ったことを説明ができない。ロープだけの力ではないということか？

あっ、ロープの使った力は元は俺の力だよな。記憶が戻ったのは、その力が原因の可能性もあるかもしれないな。同じ力を持つ者には掛からない。そんな制限があったりするのかも……駄目だこれは予想だ。はぁ、確実なことはやはり不明か。分かったようで、何も分かっていないな。とりあえず、今日の現象はロープが原因ということは事実だ。あとのことはまだ不明。

「主、次は何をしようか？」

まだ、何かする予定でもあるのか？　そしてそれをなぜ俺に聞く？

「次とは？　というか、主導権を握ったというのはどういうことだ？」

そうだ。ロープはこの世界の主導権を握ることに、成功したと言っていた。主導権？　つまりロープがこの世界のトップになったということだよな。

「えっ、この世界のトップ？　この世界って……どこまでのことだ？」

「世界とはこの星すべてのことだ」

なるほど、つまりこの星の主導権を握ったということか。あれ？　それってものすごいことではないのか？

「ロープ。主導権を握ったということは、この星の神になったのか？」

そういうことだよな？

「ん～、神様は違うと思う」

違うのか。だが主導権というものは、神が握るものだと思うのだが。

「主がこの世界を守ってほしいと言ったから。それならこの世界を、動かせる存在になった方がいいと思ったんだ」

動かせる存在。それに俺が言ったから？

「それは神の領分だろう？」

「確かにそうかもしれないが……よく、分からん」

分からないのか。そう言えば、この世界を見守る神はまだいなかったな。なんだか、話がややこしくなってきているな。

「主、我はどうすればいいだろう？」

どうすればって……。俺が守ってほしいと言ったことで主導権を握ったんだよな。これって、俺がこの星を捨てると言ったら……。

「ロープ。俺がこの星をいらないと言ったら」

「いらないなら、壊すよ。だって主のための世界だから」

怖っ。えっ、俺が何か言ったらこの世界に影響するのか？　やばい冷や汗が出てくる。これからロープとは、よく考えてから話をしないと大変なことになるな。

「いまは、この世界をゆっくり見守るつもりだ」

「見守るの？」

無難な選択だが、これが一番だ。

「そうだ。この世界に誰かが手を出さないように、何かあったらすぐに排除できるように見守るんだ」

「そうか、確かにこの星はまだ不安定だからな。分かった。見守る」

ん？　「まだ不安定」とは、何のことだ？　聞くべきだよな。いや、これ以上問題が増えるのは……だが、あとあとそれが問題になる可能性もある。仕方ない。聞くか。

「主、見守るために準備が必要なので、今日は戻るから、また」

えっ？

「あっ、待った！」

おかい……いないのか？……戻ったのか？　どこに？　はぁ。また、聞きそびれた。

「はぁ、何ていう日だ」

ベッドに仰向けに転がる。疲れた……それにしても色々ありすぎだ。たった一日にどれだけ詰め込めば気が済むんだ。

「そう言えば、ロープのしゃべり方ってなんだが、色々混ざっていたな。昔の人のようだったり、女性的だったり。まぁ、そんなことは些細なことか」

色々あって大変だったけど、会話ができるようになったのはいいことだ。そうだ、原因が分かったんだから心配がなくなった。

「皆と会話ができるんだ。あ～、いまさら実感が湧いてきた。やばい、うれしい」

色々と問題は残っているけど、今日は考えるのはやめよう。今日はこのうれしい気持ちを大切にしたい。

「ははっ。そうだ、また聞きそびれちゃったな」

次にロープの声が聞こえたら、居場所の確認だな。これは絶対にしないと。そう言えば、ロープはしめ縄をした石だったな。自分では動けないのか。……居場所を聞いて、ここに移動させた方がいいのか？

「この世界の主導権を持っている石……どこにあるのかは知らないが、そのままにしておくのは駄目だよな」

まさか俺の力でそんなことができるとは。あ～、敵でもなんでもいいから神に来てほしい。で、とっとと見守る神を置いてほしい。そうしたら、主導権を渡すようにロープに言えるのに。主導権を持つ石に、何をするのか指示を仰がれるとか怖すぎる。しかも、俺が思っていたことを許可なく実行してしまうし。今回は会話の件だからよかったが……。

「ちょっと待て！」

ベッドから勢いよく起き上がる。俺、他に何を思っていた？　確かに一番は意思の疎通がしたい、会話ができればと考えていたはずだ。でも、これ以外にもいろいろ考えたはずだ。えっと……思い出せない。

「卵が欲しいとは思ったな」

確か、最近はよく卵が欲しいと考えていた。……これは、ちょっとロープにお願いしたいかもって、何を都合よく考えているんだ。はぁ、駄目だ。思い出せない。

ベッドにもう一度倒れ込む。

だいたい意識して考えていない、その時その時欲しいものを考えている。それを、思い出すのは不可能だ。ロープの声が掛かったら、何か行動を起こす前に確認を取ってほしいと言っておこう。えっと、居場所の確認と、行動前に何をするのか確認を取るように言うことだな。

疲れた。ちょっと寝て休もうかな。後で、ロープのことを仲間に言っておこう。今日の現象の説明も必要だしな。でも、その前に少しだけ休憩させてほしい。本当に疲れたんだ。

「ふぁ～……」

疲れたけどうれしい気持ちが強いな。皆と何を話そうかな。でも起きたら、まずは説明を……。

219. ……どこかの天で……　二。

―ある場所で、神と部下の会話―

部下から届いた書類に目を通す。所在が不明だった星の場所が分かったようだ。それについてはうれしく思うのだが、書類の一ページに描かれた魔法陣を見て頭を抱えたくなる。まさか、こんなものをまた見る羽目になるとは。

「魔法陣については調査中です」

「必要ない。これは魔幸石を目覚めさせるために使うものだ」

「魔幸石……確か『天界の子供の血と魔界の子供の血を魔幸石に捧げ、新たな力を授からん』でしたでしょうか？」

ん？　何だそれは？

「魔幸石について、そう広まっているのか？」

「はい、そうですが。違うのですか？」

「あぁ、正確には『天界の血、魔界の血、魔幸石に捧げ目覚めさせよ。さすれば命の終焉（しゅうえん）が来る』だ」

魔幸石は永久に生き続けることに疲れ果てた神々が作った、神を殺せる唯一の石だ。それがなぜ、新しい力を授けるなどということになっている？　新しい力とは、何をさしているのだ？　もしかして、神の命を終わらせる力のことだろうか？　あれは確かに、魔力でも神力でもない力だ。新しい力とも言えなくもないが。

「私が聞いた言い伝えとは、かなり違いますね」

「そうだな」

魔幸石か。確か世界に四個、作りだされたはずだ。成功したといえるのは一個だけ。失敗した三個は、ある場所の奥深くに封印されている。

成功した一個も厳重に管理されているはずなんだが、書類に目をやる。ここに魔法陣が載っているということは、誰かが持ち出したということなんだろうか？　アレを持ち出せる者は上級神のみ。つまり、見習い達に手を貸した上級神がいるということになるが……。問題が大きくなりそうだな。面倒くさい。

「なぜそのような石が作られたのですか？」

「……神が不滅の存在だからだ。長く生きることに疲れ果てた神々が、己の救済のために長い時をかけて作り上げたのだ」

あれほどの力を持った石は、そうそう生まれるものではない。力が強いからこそ、失敗作の魔幸石も砕けずに封印するしかないんだがな。

「見習いの力では、あの石を目覚めさせることは不可能だろうな」

「えっ？　血が揃えば目覚めるのでは？」

「いや、そんな簡単なものではない」

「そうなのですか？」

「あぁ、ただ血を捧げればいいというわけではないんだ。魔幸石自身が……誰か来るな」

誰かがこの部屋に近づいてくる気配を感じる。その気配には覚えがある。いったい何の用事があってここに来るのか、もっと他にやることがあるはずだが。

こんこん。

「どうぞ」

声を掛けるとすぐさま開かれる扉。そこから顔を見せたのは、以前と全く変わることがないライバルの姿。

「久しぶりだな。デーメー」

「そうだな。アイオン」

同じ時期に神を目指して見習いとなり、切磋琢磨したライバル。姿は変わっていないが、少し疲れた顔をしているな。まぁ、それも当然か。道を踏み外したのだから……。

「随分と、愚かなことをしたみたいだな。とても驚いたよ」

「…………」

デーメーは、私の言葉にハッと視線を向ける。まさか、知られていないと思っていたのか？　コイツ、こんなに馬鹿だったか？

「その小馬鹿にした顔をやめろ」

「小馬鹿にしたわけではない、馬鹿なのかと心配した……違うな、呆れただけだ」

睨（にら）み付けてくるが、何も言い返してこない。これが、競い合ったライバルか。

「はぁ、情けない」

「知らなかったのだ。あの星の存在を！」

デーメーは、見習い仲間の中で一番優秀だった。そのため、皆の憧れの存在でもあったんだがな。

時がお前を変えてしまったな。

「知った後に何をした？」

「それは……」

「デーメー。管理している星が多いのは私も同じだ。だから見落としがあるのも分かる。だが、知った後の行動が問題なのだ。お前は何をした？」

私の言った言葉が気に入らないのか、デーメーの神力があふれ出す。その態度に、思わずため息が出てしまう。こんな狭い空間で神力を出すとは、本当に呆れてしまう。被害が出ては困るので、私とデーメーを囲うように結界を作る。

「何とかしようとはした。だが……」

何とか？　何とかねぇ。くそったれが。

「何とかとは、他の神々に知られる前に、星の中に閉じ込めて、力の暴走を誘発して、星ごと消そうとしたことか？」

デーメーに一言一言ぶつけるように言葉を発する。

「……」

何も言わないのか……。

「あぁ、少し違うな。巻き込まれた彼や、そこで利用されていた神獣達が何も知らないのをいいことに、見習い達が仕掛けた問題をすべて見なかったことにしたことか？　上手くいったら、仲間同士で殺し合ってくれるもんな」

「なぜ……」

これを知った時、私が何を感じたかお前に分かるか？　デーメー！

「それとも、見習い達が作った未熟な星隠しの結界を完成させるために、自分の神力を足したことか？」

「それを、どうして……」

何をそんなに驚いているのか。上級神の私が本気になれば、すべて調べることができることぐらい考えれば分かることだろうが。

「そういえば、問題を起こした見習い達の話は聞いたのか？　魔幸石まで持ち出したんだ。見習い達だけで、できることではないだろう？　あぁ、悪い。知りたくないから、しゃべる前に黙らせたんだったな」

「違う！　あれは正しい処罰だ」

まだ、落ちていくのか？

「正しい？　規律の中で『問題を起こした見習い達の罰は、面倒を見ていた神々以外の者で決定されなければならない』というものがある。お前はこの一文を忘れたのか？　もしそうなら、とっと隠居しろ」

「アイオン！」

これ以上、友が落ちていく姿を見たくはないんだよ。ふっ、抑え込もうとする神力が増したな。

「なんだ？　私は何か間違ったか？　それと神力で威嚇するな、鬱陶しい」

声と神力を飛ばして抑えられるのは、自分の部下達だけだ。同等の存在である私に、そんな暴力が通用するはずないだろうが。悲しいな。これがライバルのいまの姿か。デーメー、悔しいよ。本当に。

「見習いに誰が協力した？　まさかお前か？　デーメー」

デーメーの顔が一気に真っ赤に染まる。

「違う！　知らなかったと言っただろう」

「あぁ、そうだったな。で？」

「きさま……」

「まぁ、誰でもいいがな。それにしても、お前の考えは見事に彼が打ち破ったな。しかも結界まで破られて、いまや主導権すら向こうにある」

アハハハと声に出して笑うと、デーメーの周りが光りだす。やだやだ、怒りで周りが見えなくなっているよ。狭い空間で法術を使えば、どれだけの被害が出ることか。本当に愚かだ。涙が出そうだよデーメー。

「吸収」

私の言葉でデーメーの神力が空間に消えていく。それに驚いた表情を見せるが、それほど驚くことでもない。ここは私の空間。私が最も自由に力を使える場所なのだから。それにしても本当に彼には驚かされる。机の上にある書類を見る。

デーメーは、確実に彼が暴走して星を崩壊させるよう仕向けた。まぁ正確にいえば、見習い達が残した問題を少しずつ修正して彼の力があふれるように仕向けた。見習い達は本当に優秀だったのだろう。書類を見る限りでは、ほとんどの術式は完成されていた。だが、一つだけ未完成というかそのままでは使えないものがあった。それが、星を隠すために作られた結界だ。星が崩壊するまでけっして見つかるわけにはいかないデーメーは、その結界にだけ力を足した。かなり見事な結界を作り上げたようだ。

そしてあとは待てばいいはずだった。だが、ここで予想外のことが起きる。彼が勇者召喚で授けられたギフトを、自分の意思で抑えつけたことだ。そのため神の仕掛けた御業（みわざ）に、疑問を持つことができた。勇者召喚で送られるギフトの中に、神の御業にけして疑問を持たないというものがある。このギフトがあることを知っていたからデーメーは、見習いが作ったすべての問題に少しずつ手を貸して神の御業にしたんだからな。だが、彼はそのギフトを打ち破った。おそらく勇者召喚が失敗したため、ギフトがしっかり掛かっていなかったのだろう。いや、そもそも彼は選ばれた人物ではなかったか。どれが影響したのかは、分からない。だが、そのお陰で星は崩壊せず、しかも上級神が手を貸した結界を破壊。デーメーにとっては、ありえないことだろうな。

「なぜ知っている？」

「時の上級神に協力を願ったからだ」

時間を自由に扱うことができる神で、条件さえそろえばどんな過去でも見ることができる。未来だけは見せてくれないが。

「そんな、あの方が……」

デーメーの顔が一気に青くなる。赤くなったり青くなったり大変だな。

書類の最後のページを見る。「強力な結界により、上からでは見ることができず。主導権が移り、時の管理者の影響を受けず」と書かれてある。ここ数日の間に何かが起こったようだ。はぁ、私はまた出遅れてしまったな。

220. ……どこかの天で……　三。

――ある場所で、アイオンとデーメーの会話――

「で、諸悪の根源は誰だ？　それともこちらで調べた方がいいのか？」

デーメーは完全に項垂(うなだ)れている。時の上級神までこちらに協力するとは思っていなかったのだろうな。時間を操れる上級神は創造神の直轄で、特別な存在だ。

「……タンタスだ」

タンタス。確か問題の星の近くにある星を、見守っている上級神だったな。そういえば奴は。

「数十年前にも、何かやらかしたことがあったな」

あの時は、星や子供達には被害はなかった。だから、軽めの罰で済んだはず。今回は、未来を担う見習い達を利用するだけでなく星にも、子供達にも被害が出た。また神獣の被害も報告されている。相当重い罰になるだろう。

「まぁ、奴のことはどうでもいい。デーメー、なぜ規律を破った？」

私が気になるのはデーメーだ。タンタスのことは他の上級神がどうにかするだろう。あいつには上司がいたはずだ。

私の質問に、じっと視線を合わせるデーメー。見つめ合っていると、不意に苦笑を浮かべた。そして、デーメーが一瞬光に包まれる。そして次に見えた時には見た目が変わっていた。

「久々だな、その姿」

目の前には、長い白髪に長い髭（ひげ）の年老いた老人の姿ではなく、短い白髪の若い男性の姿。

「そうだな。この姿になるのは久しぶりだ」

デーメーはいつの頃からか、見た目と話し方を変えていた。見た目は時を重ねた年配の老人に、そして少し個性的な話し方に。初めて見た時は驚いた。

なぜ、見た目と話し方を変えたのか。その理由は、なんとなくわかる。神は、ずっと姿が変わることがない。おそらくデーメーは時を刻む変化が欲しかったのだ。私も前に一度、老いる経験がしたくなり見た目を変えたことがあった。空しく感じたので、一度だけだが。

「見習い達を見つけた時は、既に勇者召喚を行った後だった。失敗に終わったが、五人の子供達が巻き込まれていた。四人は元の星へ帰ったのを見送ったが、残った一人が目の前で消えてしまった」

それが星で生き延びている彼だな。

「すぐに捜しに行こうと思ったんだ、だが彼には勇者召喚のギフトが既に贈られていた。それが確認できたから……」

勇者召喚ギフト、ただの人を勇者へと変化させるための贈り物。まぁ、私が思うにあれは縛りだ。無理やり勇者を作り上げるための。

「だから、既に死んでいると思った。勇者召喚が失敗している以上あの子供では、ギフトには耐えられない。たとえ耐えたとしても、すぐに力が暴走して死ぬと考えた」

確かに普通の子供では、ギフトに詰まった膨大な力の解放に耐えられるはずがない。だから勇者召喚には、ギフトに耐えられるように体を作り替える法術が組み込まれている。召喚に失敗した以上、体は子供本来のままだっただろう。デーメーが死ぬと考えるのも普通のことだ。

だが、そこが不思議だ。なぜギフト解放に、彼は耐えられたのか。しかも四人分の勇者召喚のギフトになれば、見習いでも耐えられるかどうか。力の暴走については、まるで奇跡のように力を発散する機会があった。だから生き延びられた理由は説明がつく。だが、初めてのギフト解放に耐えられた原因は調べたが分からなかった。

「だから、捜すのはやめた」

「……そうか」

昔のデーメーなら、きっと捜したんだろうな。

「だから驚いたよ。見習い達を監視していたら、まったく新しい星が存在しているし、その星には死んだと思っていた子供が生きていたのだから」

何を思い出したのか、ふっと笑って首を横に振るデーメーをじっと見る。若い姿に戻ったはずなのに、目が疲れた老人みたいだ。

「あの子供には、とっさに何も知らない振りをしてしまった。その後は、アイオンの言った通りだ。最初の判断ミスを隠したかった」

ミスを隠すために、星を消そうと？

「本当にそうか？」

「……そうだ」

「嘘だな」

「……ふっ、さすが長い付き合いだな。確かにミスなど、どうでもいいことだ」

「デーメー？」

「アイオン、長く生きすぎたと思わないか？　俺は星も子供達も、愛せなくなってしまった」

確かに、長く生きすぎたと思う。私の場合はまだ、星にも子供達にも愛情はあるが。

「姿を変えてそのことからずっと目を背けてきた。なのにあの子供を見た瞬間、憎しみがあふれそうになったんだ。子供は何も悪くない。ただ俺を見て安堵(あんど)した、ただそれだけだ。でも、その表情

がなぜか憎く感じられて。だからあの子供に、どうにもならないことがあるんだと思い知らせたかった」

……心が壊れかけているのか、デーメー。

神という存在は、不滅なので死が訪れることはない。寿命がある者から見れば、羨ましいことなのかもしれないが現実は地獄だ。なぜなら、終わりがないからだ。不滅なのだから当たり前だが、終わりがないということは想像以上にきつい。

見習い期間が終わり、神として新たに生まれ変わる時に不老不死であり不滅の存在となる。老いることもなく、病気もしない。最初の頃はしっかりと自分の立っている場所を把握できていた。そして神として歩むその先の道も。自分の星を持つことがどれほどうれしかったか、子供達が少しでもよい環境で過ごせるように色々と考えて力を使い、日々が充実していた。だが、時が流れその時が長くなればなるほど、見えていたはずの道が見えなくなってくる。自分は神としてどこへ向かっているのか。過去を振り返って思い出そうとしても、その過去はあまりに遠すぎてそれが正しいのかさえ分からない。長く生きすぎて、心が疲弊してしまうのだ。

「アイオン、子供達はどうして争いをやめない？」

デーメーの表情に子供達に対しての苛立ちや憎しみが見える。

「さぁ、どうしてだろうな」

「私は色々と頑張ってきた、あの子達が皆で生きられる道へと導いてきた。なのに、何度も何度も裏切って同族で殺し合う。あいつ等は何なんだ！」

心が疲弊する原因の一つは、子供達だ。子供達の中でも特に、人間、獣人、ドワーフ、エルフ、キメラなどが問題となる。別に、愛情を与えているのだから、それに報いろと言っているわけではない。導いた方向と違う方向へ向かうことも、特に問題ない。

心が疲れてしまうのは、同族同士の殺し合いや、見た目が違うというだけの殺し合いだ。食物連鎖とは違う、色々なことが絡み合ったものだが神の視点からは無意味に見える殺し合い。そこに生きる子供達には意味があるのだろうが、私達にとっては本当に疲れる行為なのだ。それは、どちらを有利にして争いを終わらせたら星や世界のためになるか考えるからだ。……見捨てる子供達を決める時でもある。最初の頃は、自分の何が悪かったのかと自暴自棄になったこともあったな。まぁ、昔すぎてその時の感情は覚えていないが、いまでも苦痛に感じるのだから初めの頃は相当辛かったはずだ。

「難しいな。なぜだろうな？　ただ、あの子供達も私達が作った存在の一つだということだ」

「……そうだな、私も可愛いと思っていた時期もあるさ。でも、それはあまりにも昔だ」

デーメーがスッと私と視線を合わせる。

「アイオンは、まだ子供達を愛せているのか？」

「あぁ、まだその感情は残っているよ」

「そうか。少し羨ましく感じるよ。そう言えば、あの子供はまだ生きているのか？」

あの子供？　星にいる彼のことか？

「あぁ、だが数日前に星の主導権が取られ、いまは強力な結界が張られ外からでは中が見えないがな」

私の言葉に首を傾げるデーメー。何だ？　何かおかしなことでも言っただろうか？

「おかしいな、修正したはずなのに……」

修正？　時の神に、星の過去を見せてもらったのですべて把握しているつもりだったが、まだ何かあるのか？　強力な結界が生まれたことと何か関係が？

「何を修正したんだ？」

「勇者召喚のギフトが、しっかり働くようにしただけだ」

「なっ、なんてことをしたんだ！」

ギフトは、通常でも体にかなり負担が掛かるのに！

「すまない」

彼は無事か？　いや、待て。しっかり働くようにしたのに、なぜギフトを打ち破れたんだ？　もしかしたら、デーメーが行ったことが、逆にギフトの力を弱めた？　そんなことがあるのか？

「はぁ、魔幸石について何か知っているか？」

「あれは問題ないよ。アイオン」

「なぜ？」

神を殺せる唯一の力を持つ魔幸石だ。問題ないわけがない。

「あの星にあるのは、失敗作の一個だ。ただ、力があるだけの石だ」

「そうなのか？」

「あぁ、さすがにタンタスでも、本物の魔幸石は持ち出せなかったそうだ。だから失敗作の一個」

確かに、神を殺せる魔幸石でなかったことはよかった。だが、魔幸石としては使いものにならなくとも、膨大な力がある。あの力が悪用されれば、その周辺の星にだって影響がある。

「それでも、問題だろうが」

「……そうだな」

苦笑を浮かべるデーメーを見つめる。

「そろそろ行くよ」

「駄目だ。デーメーにはついてきてもらう」

「えっ？」

「あの星へ行く。彼に謝れ。お前がしなければならないことだ」

少し目を見開いたデーメーは、寂しそうに笑って頷いた。その姿を見て、未来の自分が重なる。いまはまだ、子供達に愛情はある。だが、昔に比べればその愛情には熱がない。いつまで私は、ここにいられるのだろうな。

221. 二日間！……敵なのか味方なのか。

「う……う～。あっ？」

なんだ？　腰や背中が……これって、あれだ。寝過ぎた時になるやつだ。そんなに長く寝た覚えはないが……。

『ご主人様。目が覚めましたか、よかった！』

ん～、頭に直接声が響くな。誰の声だ？

『ご主人様？　ご主人様？』

ははっ、主の次はご主人様か。違和感しかないな。もう少し寝たい……待て、寝すぎて体が痛いんだよな。いったい俺は何時間寝たんだ？　閉じようとする瞼(まぶた)を持ち上げ、周りを見ようとすると、

「えっ？」

すぐに一つ目と視線が合う。寝ている顔の真横にいたようだ。何気にちょっと怖い。

「おはよう。ごめん、起こしてくれたのかな？　大丈夫、ちゃんと起きたから」

『よかったです。ここ二日間、目が覚めなかったの。いま、どうしようかと相談していたところだったの』

ちょっと個性的な話し方をする一つ目の声が、頭に響く。それに少し顔を歪めながら周りを見る。部屋には三体の一つ目がおり、そのうちの一体が寝室から出ていくところのようだ。二日、そうか二日も寝ていたら体が痛くなって当たり前だな。

「えっ！　二日？」

『はい。昨日はどんなに起こしても起きてくださらず、心配しましたの』

真横にいる一つ目が心配げに俺の様子を窺ってくる。その様子をじっと見て少し首を傾げる。一つ目達岩人形にはあまり表情の変化はなかったはず。なのに、いま見ているこの子達には表情があ

る。また、独自に進化したのだろう。すごいな。

というか、いまはその感動に浸っている場合ではないな。二日間も眠っていたらしいからな。しかしなんでそんなに眠っていたんだ？　何が原因だ？

「また、分からないことが増えたな」

何だろうここまで答えが出ない問題ばかりだと、考えるのも面倒くさくなってきたな。問題も山積みになりすぎると、どうでもよくなってくるよな〜。もう、ほったらかしにしてしまおうかな。

…あれっ？　俺ってこんな性格だったか？　あぁ、この世界でできた性格の方か。本当に元の俺とは似ても似つかないよな。なのにどうして、この性格の俺だと思っているんだろう。不思議だよな。

『ご主人様？』

「あっ、大丈夫だ。心配かけて悪いな、もう大丈夫だから」

本当に大丈夫なのかは、ちょっと疑問だが。とりあえず、ここ数日感じていた眠気は消えている。性格の問題は……後回しにしておこう。どうせいま考えたって答えは出ない。それにしても、頭に直接話しかけられるのって違和感がすごいな。一つ目達が声が出せたらいいのか？　あ〜、一つ目だけじゃなく、岩人形達みんなか。……一つ目達、三つ目達、小鬼達、農業隊を思い浮かべて声が出せるようにイメージする。

「あっ、声帯がどういう仕組みか分からないや……イメージを変えよう。えっと……」

岩人形達がしゃべっているイメージを作り上げるか。仕組みは分からなくても、きっと大丈夫のはず。よしっ、完璧。

「岩人形は声が出る」

傍にいる一つ目達の体が少し光った。成功したのかな？

「ご主人様？　いまのなんですの？」

やった！　成功した。

「声が出るようにしたんだ。成功してよかったよ」

俺の言葉に驚いた一つ目達。やっぱり声は頭に響くより耳から聞きたい。

「ありがとうございます。ご主人様」

ご主人様呼びも落ち着かないよな。名前で呼ぶようにお願いしよう。

「ご主人様、ウサとクウヒがものすごく心配して、昨日は眠れていません。いまもご飯を食べず、一階でうろうろ歩き回っています」

うわっ、これは急いで会いに行った方がよさそうだな。呼び方は後で言おう。

「分かった。いまは……朝でいいのか？」

窓から入る光の強さから朝だとは思うが。

「はい、朝ですの」

「分かった、ありがとう。急いで下りるよ。二人と一緒にご飯を食べるから用意をお願いしてもいいかな？」

「分かりました！　お任せくださいの」

何だ？　いま、一つ目達のテンションが上がった気がするが。

「えっと、よろしく」

二体の一つ目達が寝室から出ていく姿を見送ってから、すぐに服を着替える。

「う～、完全に寝すぎだな。体のあちこちが……」

痛みを訴える体を、軽くストレッチをしてほぐしていく。

「これって、魔法で解決した方が早かったか？　まぁ、いいか」

どことなく体は重いが、節々の痛みは軽くなってくれたな。それにしても、二日も寝ているなんて……大人になってから初めてだな。力の影響？

「おはよう、ウサ、クウヒ心配かけてごめんな」

「「あるじぃ～」」

あっ、泣いてしまった。子供が泣くのは苦手なんだよな。

「主。大丈夫なのか？」

後ろから聞こえる声に視線を向けると、コアの心配げな表情があった。

「あぁ、大丈夫。少し寝すぎただけだ」

「そうか？」

さすがに誤魔化せないかな？　ただ何が起こっているのか俺自身が分かっていないからな、説明ができないんだよ。なので貫き通すしかないんだが。

「コア、本当に大丈夫だ」

「……ならばいいが」

説明できずに悪いな。ウッドデッキに続く窓を見れば、仲間達が心配そうに顔を覗かせている。

「心配かけたな、もう大丈夫だから。ありがとう」

仲間達の表情が、少しホッとしたものに変わる。詳しく説明していないので、少し不安が残っているようだがそれは仕方ない。諦めてくれ。俺も誰かに説明してほしい立場だから。

「ご主人様。準備ができました」

「ありがとう。ほらウサ、クウヒご飯を食べようか。お腹空いているだろう？」

そういえば二日間寝ていたのにあまりお腹が空いていないな。こういうものか？

「声が聞こえた……」

ウサが一つ目を見て驚いた表情をしている。

「しゃべれるようにしたんだ。その方がいいだろう？」

俺の言葉に、ウサだけでなく周りにいた仲間達が俺を凝視する。それに首を傾げる。何か問題でもあったのだろうか？

「ご飯が冷めてしまいます」

「あぁ、ほら。温かいうちに食べよう」

俺の言葉に、ウサ達が頷いていつもの場所に行く。今日も一つ目達が用意したご飯は美味しそう。

「「「いただきます」」」

ふわふわのパンを口に入れる。……お腹は空いていないが、美味しさはわかる。一つ目達は、料理というかパン作りの腕をまた上げたようだ。不思議だな。一つ目達には味覚がないのに、どうし彼らの作った朝ごはんを堪能(たんのう)していると、リビングの大きな窓から風がスーッと流れ込んでくる。

「あれ？　いま何か……」

風を感じた瞬間、仲間のものとは異なる力を感じた。ただその力、どこかで感じたことがあるような……どこでだ？

「ご主人様、庭に誰かおります」

「えっ！」

急いで一つ目達が見ている窓の外に視線を向ける。そこには二人の人の姿。一人は白髪の若い男、どこかで見たような気がするが……。もう一人は、長い……水色の長い髪の女のようだ。あれって地毛なんだろうか？

リビングからウッドデッキへ出て二人の傍に近づく。が、途中で立ち止まる。この力、神力だ。つまり二人は神ということになる。あれ？　男の方の力は、仙人みたいな神と同じ？　本人ではないようだけど、子供か？

「すまない、いきなり来てしまって。話がしたいのだが」

話？　まぁ、こちらも話は色々としたいのだが、信じていいのか？

「そう、警戒をしないでほしいところだが、無理だろうな。いままでのことを思えば」

「知っているのか？」

「あぁ、時の神。時間を操れる神がいるのだが、その神に協力してもらい、この星について調べてきた」

時の神？　時間を操れるとか、随分と恐ろしい神がいるもんだな。まぁ人を星から星へ移動できる神がいるのだから何でもありか。

「はぁ、ところで隣の男は？　前にここに来た仙人みたいな神の子供か？　顔も似ているし力もそっくりだ」

一つ一つ、状況を知っていくか。相手を知っておかないと、とっさの対処も不可能だ。とはいえ神が何かしたとして、防げるとは思わないが。

「主、大丈夫か？」

そっと隣に飛びトカゲが来てくれる。その姿に体に入っていた余分な力が抜ける。

「大丈夫だ。飛びトカゲは彼らが誰か分かるのか？」

「いや、ただ力から考えて上級神だとは思う」

力で上級とは分かるのか、すごいな。今度見分け方を教えてもらおう。

「とびとかげ？」

女の神が眉間に皺を寄せて、複雑そうな顔をしている。しまった。日本語が分からないことをいいことに、ちょっと残念な名前が多いのだった。いまさら変えられないし、皆名前の意味を知ったら怒るかな？　でも、俺だって変えようとしたことはあるんだ。ただなぜかみんな気に入ってしまっていたため、変えさせてくれなかったが。名前について突っ込まれる前に、何か話をして誤魔化そう。えっと……この目の前の神のことだろうな。絶対に。

「それで、あなたはあの人の親族なんですか？」

「いや、違う」

何だ、違うのか。それにしても似ている。伝わる力もそっくりだし。

「本人だ」

「あぁ、本人だったんですか。えっ！　本人？」

いやいや、年齢的に無理があるだろう。どうして老人が若くなるんだ。あっ、もしかして自由自在に姿形を変えられる？　羨ましい。　いや、違うだろ！

「すまない、騙すつもりはなかったんだが、これが俺の本当の姿なんだ」

落ち着け俺！　えっと、これが本当の姿。そういえば、話し方も変わっている。以前は少し個性的な話し方をしていたからな。

「そうですか。まぁ、それはもういいです」

本当に見た目など、どうでもいいことだ。それよりも、この世界の問題を見落としたのか、それとも放置したのか。……俺達を殺すつもりだったのか！　あっ、やばい。ちょっと魔力が暴走しそうになった。ふ～、落ち着こう。興奮してもいいことはない。

「今日は何をしにここへ？」

とりあえず、この目の前の存在が敵なのか、味方なのか。それだけは確認したいところだな。

222. 神は最悪……ギフトも最悪。

「この馬鹿、デーメーに土下座させるために来た。あと話がしたい」

……は？　正直、目の前の女性が発した言葉に思えなかった。なぜなら見た目、髪は俺からしたら奇抜だが清楚な印象の女性なのだ。そんな女性から「この馬鹿に土下座」などという言葉が出るとは……。正直、似合わない。まぁ、いま気にするところは、そこではないけどな。

「えっと、土下座をする理由は？」

「君を使って、この星を消そうとしたからだな」

あ～、やっぱり俺を使って消そうとしたのか。そうなんだ。俺に仲間を殺させようとしたのか～。体の中の力が一瞬、デーメーという神に向かいそうになるが、それを何とか気力で抑えつける。まだ、色々と聞きたいことがあるのだ。

「最初から関わっていたのですか？」

「いや、ここで君が生きていると知ってからだ」

俺が生きていると知ってから？　それって、俺は死んでいると思っていたわけか。つまり、巻き込まれた人間がいたのは知っていたが、死ぬと思って放置したと。で、俺が生きていたから利用してこの星を消そうとした。

「そうですか。でも必要ないです」

土下座されたところで許せることではない。

「相手が神だからか？」

「なんですか、それ。関係ないですよ」

何だ？　その馬鹿みたいな質問は。

「……見事に君は、ギフトを撥ね除けたんだな」

「ギフト？」

何のことだ？　ギフトって贈り物って意味だよな。何かもらったのか、俺。あっ、本来の自分とは違う考え方の俺。あれと関係してそうな気がする。

「すまなかった」

いきなり、目の前でデーメーという神が土下座する。いや、必要ないって言ったよな。なんで土下座してんだこの神。それってただの自己満足なんだよ。

「謝る必要ないですよ」

「えっ？」

「許せないんで。俺に仲間を殺させようとしましたよね。これは絶対に許せないです」

「まぁ、そうだろうな。すまないな、もう少し早くこの場所が特定できていれば、ここまでひどいことにはならなかったのだが」

この場所の特定？……もしかして、何らかの方法で隠されていたのか？　用意周到だな。

「デーメー、許さないって。土下座をやめろ、見苦しいだけだ」

……この神、容赦ないな。見た目で人は判断できないってことか。人ではなく神だけど。

「それよりギフトとは？」

ものすごく嫌な予感がするが、知っておかないと駄目だろう。

「説明をする前に、まずはお礼を言わせてほしい。あと、許されるなら謝罪も」

「はっ？」

お礼に謝罪？　こっちの神にはまだ何もされていないはずだし、とりあえず話を聞いてみるか。

「何に対してのお礼と謝罪ですか？」

「私はアイオンという、君の生きていた星の管理者だ。勇者召喚を止めることができなかったことの謝罪と君がこの星で助けた者達は無事に私の星へ帰ってくることができた。そのお礼がしたい」

地球を管理する神なんだ。勇者召喚を止める、か……確かにあれが原因だが別にこの神が謝る必要はないよな。悪いのは、見習い達だ。

「謝る必要はないでしょう。ぇっと、アイオン神？　は関係ないのだから。悪いのは見習い達でしょ？」

「あ～、そうとも言い切れないんだ」

言い切れない？　勇者召喚をしたのは見習い達だよな。これは声だけだったが、俺が自分で確認できていることだ。

「あの三人の見習いを、導いた神がいるんだ」

あぁ、そういうことか。神って最低だったんだな。

「なので、ある意味奴らも被害者と言えなくもないな。まぁ、やったことがすべて許されることはないが、少しは罰の軽減にはなるだろう」

「どうしてそんな馬鹿なことを神が？」

「暇なんだよ。神っていうのは暇を持て余しているんだ。だから余計なことをしたくなる」

「もしかして、長生きだから？」

「長生きではなく、死というものがない」

アイオン神の表情が少し悲し気に歪む。

「……それは最悪ですね」

死がないのか。考えただけでもぞっとする。

「謝罪はいらないとしても、お礼だけは言わせてほしい。消えた子供達をずっと捜していたんだ、助けてくれてありがとう」

スッと頭を下げるアイオン神。この神は、何というか率直だな。

「お礼は受け取ります。魔法なんて馴染みがないものだから、うまくいくとは正直思っていませんでしたが。無事だったんですね、よかった」

けっこう無茶苦茶なイメージで発動した魔法だったような気がする。よくあれで無事だったよな。

「さて、ギフトの説明だな。これは少し長くなる」

「なら、座りませんか？　ずっと立ち話もしんどいので」

「そうか？　ありがとう。デーメーは見るのも嫌なら消すが」

消す？　えっ、殺すの？

「おい」

「なんだ？　文句を言える立場ではないだろう？」

「別にどうでもいいです」

許すつもりはないが、もうどうでもいい存在だ。俺にとってどうでもいい存在はそこにいてもいないのと同じ。

「そうか？　なら隣で大人しくしていろ」

三人で椅子に座ると、すぐさま一つ目達がお茶とお菓子を持ってくる。なんだかその姿に、ちょっとささくれ立っていた気分がふわっと軽くなる。

「勇者召喚にはギフトが必ず贈られる。……その前に一つ確認したい、名前を言えるか？」

はっ？　何を当たり前のことを言っているんだ？

「俺は…………」

あれ？　俺の名前って何だっけ？　……どうして、忘れている？　数十年ともに過ごした名前だ、忘れるわけがない。

「やはり、消されているか」

「どういうことです？　俺は……」

「天王翔（てんのうあきら）だ」

てんのうあきら？　てんのう……てんのう……あっ、天王。天王　あきら……翔。そうだ、あき兄さんと妹の華に呼ばれていた、天王翔だ。

「それもギフトの一つだ」

……名前を消すことが？　それってギフトではないだろう。

「勇者召喚がどういうものか理解できているか？」

華が読んでいたラノベの世界のものでいいのか？

「過ごしていた星からいきなり召喚され、人間の敵である魔王を殺せってお願いされるんですよね」

確かこんな話だったはずだ。聞いた時は、随分とぶっ飛んだ話だなと思ったことを記憶している。

「大まかに正解だな」

「現実にあるとは思いませんでしたが……」

こんなのは、物語だから楽しめるのだ。現実では絶対にないと、信じているから。

「ハハハ、だろうな。あぁ、言っておくが私は『勇者召喚』反対派だ」

そんなものがあるのか。人間と感覚的なことが似ていることもあるんだな。

「普通に生きてきた子供が、子供とは君のような人間のことだ。その子供達がいきなり違う世界に飛ばされて、命を奪ってくれと言われて対応できるか」

「無理でしょう」

「そう、無理だ。普通なら絶対に。もし話に絆（ほだ）されて、勇者になったとしても命を奪っていけば心がいつかは壊れるだろう。だがそれをできるように変えるのがギフトなんだ」

いったい何を変えたら、壊れず命を奪えるようになるんだ？　聞くのが怖くなってきたな。

「性格を豪快に、そして正義感あふれるものに。細かく言うと、命を奪うことに対する拒否感の軽減、罪の意識の軽減。正義を遂行することへの悦楽（えつらく）」

性格を変えるのか……やっぱり、俺の性格が変わったのはギフトのせいだな。ある意味原因がわかってホッとした。それにしても、このギフト、気持ち悪いな。

「肉体面は体力を増加、俊敏（しゅんびん）や知力の増加、免疫力（めんえきりょく）強化、修復力強化。他にもまだあるのか？　まぁ、体力と俊敏が増加したのは感謝だな。元の俺なら、おそらく一年も耐えられなかっただろうからな。それにしてもギフトって……。

「先のことは考えない無防備さ、矛盾に対する鈍感性。幸運、遭遇、直感レベルもギフトであげられている」

……何というか。

「元の星に対しての執着を薄れさせるために、名前の変更、家族構成の変更、もしくは削除」

……………ギフトって……。

「ともに召喚された者達への強固な仲間意識。召喚された星への愛着。魔王、魔物への憎悪」

間違いない。ギフトって、人を完全に作り替えるものだな。というか、ギフトをすべて贈られたら元の性格なんてなくなるだろう。

「人格の破壊ですか？」

「これだけしなければ、安全な世界で生きてきた者が魔王に立ち向かうことはできないんだよ」

「そもそも、なんで魔王なんているんです？　神の力でどうにかできないので？」

勇者召喚より簡単そうだけど。

「魔王は、子供達の争いを止めるために神が作った存在だ」

なんだそれ、神が作ったのかよ。そういえば、アイオン神は俺がギフトを撥ね除けたと言ったよな？……除けられてないよな。性格が変わったし。

「俺、ギフトを撥ね除けられていませんよね？」

「いや、君の場合は必要なものだけを選んで使っているようだ。まぁ名前に関しては消されていたが、思い出すことができただろう？　普通は思い出すことはない」

選んで使っている？　マジで？　じゃあ、あの性格も？　まぁ確かに必要だったな。元の性格のままだと、確実に死んでる気がする。

「そういえば、家族構成の変更がありましたが、俺の中の記憶は大丈夫ですか？」

「名前が思い出せたので問題ない。本物の記憶だ」

記憶を信じたいが、ちょっと不安だ。

……信じるしかないか。それにしても、ものすごいことに巻き込まれてたんだな。ただそう思うのに、ギフトのお陰なのかそれほど問題だと思っていないんだよな。複雑な気分だ。

223. ギフトは必要……俺に聞くな！

名前のことも含めてかなりすごい情報を聞いたはずなのだが、思ったより衝撃を受けていない。これがギフトの効果なんだろうな。元の俺だったら、名前が思い出せないあたりで混乱するだろう。まぁ、混乱して対処できないよりましなんだろうが、納得できない部分は多々ある。

「そういえば、ギフトを撥ね除けたと、どこで判断したんだ？」

あっ、言葉遣いか……まぁ、いいか。そう言えばさっき「神だからか？」と聞かれたような気がするな。あの時か？　いや、確かめただけだったような雰囲気だから違うか。

「言わなかったか？」

「あぁ、聞いていない」

「そうか、私にとってあれは口にしたくもない恥だからな」

何だ？

「ギフトには『神と神の行いに対しての一切の不信感の削除』と言うものも含まれているんだ。力で強制するなど恥だと思うが」

まぁ、そんなことだとは思ったけどな。にしても、「不信感の削除」とはつまり、神を盲目的に信じさせるということだよな、力で。最低。

「そうなんだ」

「何も言わないんだな」

「予測はしていたので」

予想はできるが、実際にそうだと分かると気持ち悪いけどな。

「そうか」

一つ目達がいれてくれた果実水を飲む。甘い果実に柑橘系を足したのか後味がさっぱりしている。美味しいな。

「……何も聞かないのか？」

果実水を楽しんでいると、アイオン神が聞いてくる。聞きたいことは正直たくさんある。ただ、何から聞いていけばいいのか……。

「魔王……勇者召喚のために魔王を作ったのか？」

「それは違う！」

俺の質問に、いきなりデーメー神が立ち上がり大声で叫ぶ。同時にデーメー神の神力が、ふわりと俺の体に絡みつく。ピリピリと全身に感じる神力の力。あれ？　神力で攻撃されているのに、恐怖を感じない？……恐怖を感じる感覚が、昨日より鈍くなっているような……。これっていいことなのか？

「何が違うんだ？」

そういえば、ギフトは返すことができるのか？　いや待て。ギフトなしで、俺はこの世界で生きていけるのか？……ハハハ、絶対に無理。怖がりな俺が、ギフトなしで生きられるはずがない。何も言わず、ありがたくもらっておこう。生きるためだ。上手く利用できているみたいだし、問題ないだろう。

それにしても神力が鬱陶しいな、吹き飛ばすか。体の中から外に向かって風を吹くイメージを作る。

「排除」

魔力が体の内側から外に向かって飛び出すと、体に絡みついていた神力が吹き飛ばされる。ふっと軽くなる体。どうやら上手くできたみたいだ。

「何を！」

デーメー神の驚いた声に視線を向けると、目を大きく見開いている。あ～、何かやってしまったのか？

「デーメー、座れ」

デーメー神は何か言いたそうにするが、アイオン神に睨まれてしまい大人しく座った。

「すごい魔力だな。濃度がかなり濃い」

ん？　魔力に濃度なんてあるのか？　俺のは濃いということだが、いいことなのか？

「そうなんだ」

まぁ、どちらでもいいか。いまのところ、不便な状態にはなっていないし。逆に役に立っているしな。

「興味がなさそうだな」

「魔力で困ったことはないので。それに、この魔力はかなり役立っているので」

デーメー神が放置した三馬鹿の問題から、身を守ってくれたしな。正直、神より自分の力の方が、信じられる。

「そうか。魔王についてだがデーメーが言ったように、勇者召喚をするために作ったわけではけしてない。それだけは信じてほしい」

真剣な表情でじっと俺を見るアイオン神。嘘をついているようには感じないが、神をどこまで信用するか。

「では、何のために？」

「子供達を守るためだ」

……守る？　魔王は人間の敵ではないのか？

「子供達が争うことを我々は特に嫌う。同じように愛している存在同士が争うんだ。正直見ているのがつらい」

まぁ、そうだろうな。どちらかにすごい罪がない限りは、つらいだろう。

「だからある神が考えたのだ。子供達が争わない方法を」

争わない方法として、魔王が作られたということか。……あっ、もしかして。

「世界の共通の敵？」

世界の敵を作ってしまえば、共闘を組むことになる。

「そうだ、一つの国や一つの種族ではけして倒せない魔王という存在を作ることで、子供達が争わない世界を作ろうとした」

まぁ、良い案ではある。だが、人間だから分かる。それぐらいでは子供達の争いはなくならないだろう。というか、違う争いが起こるはずだ。

「上手くいったんだ。ただ、すぐにそれまでとは違うことで争いだした」

だろうな。どこが主導権を取って魔王を倒すか、他にもまあ色々と考えられる。貪欲だからな、人間は。他の子供達と呼ばれる存在の性格などは知らないが、おそらく似たようなものだろう。

「だから、魔王をもっと強くした」

強く？　意味があるのか？

「争っている暇などないようにな」

「それは、意味がないのでは？」

「あぁ。魔王をどんなに強くしても、争いがなくなることはなかった。ひどくなった場所はあったが」

だろうな。魔王が強くなればなるほど、倒した者の所属する国もしくは種族に権力が集中する。しばらくの間はそれでうまくいくかもしれないが、代が変わることで問題も起きてくる。そうなれば、争いも起こるはずだ。

「どんな敵を作ろうと、どんな環境を作ろうと人間は争いをやめないと思うが」

他の種は知らないが。

「その通りだ。よく分かるな」

「人間だからな」

まぁ、いまは元がつくけどな。

「……そうだったな」

「聞きたい。なぜ子供達は争いをやめない？　あんな意味のない行為」

デーメー神の言葉に、アイオン神もじっと俺を見つめてくる。そんなに見つめられると、居心地が悪くなるんだが……。二人の神を見る。どちらも真剣な表情をしている。

「人間にとっては、意味のない行為ではないからだろうな」

俺の言葉にデーメー神の表情が険しくなる。アイオン神は、変わらずじっと俺を見つめている。

争いをやめない理由は、主導権を取りたいから？　お金が欲しいから？　それだけではないと思うけど、簡単に言うと、

「人よりいい生活がしたいから」

「えっ？　どういう意味だ？」

どういう意味って、そのままなんだが。

「だから、隣の人達より自分達の方が豊かな生活をしたいから」

たぶん、これが争いが起こる一番の原因だよな？　あっ、まだ重要なのがあった。

「宗教の違いと肌の色の違いも争う原因だな。簡単に言えば自分とは違う者を排除しようとする傾向があるんだ……たぶんだけど」

「なぜ？」

デーメーが不思議な表情をする。なぜって聞かれても。

「自分と違うから」

「……それは当たり前のことでは？　一緒の者などいませんよ」

アイオン神が首を傾げる。ん～、まぁそうなんだけど。

「あ～、自分と考え方が違いすぎると怖いのかもな」

「そうなのか？」

「たぶんな」

俺は一般人だ。しかも、戦争のない日本で生まれ生活してきた。そんな俺に戦争の原因とか聞かれても、分かるわけないだろうが。

「よく分からない。デーメーは、分かったか？」

「いや、分からない」

アイオン神もデーメー神も、俺の説明では理解できなかったようだ。

「だろうな」

俺も途中から、自分が何を言いたいのか分からなかったし。アイオン神が俺の言葉に、眉間に皺を寄せる。そんな顔されても、分からないものは分からない。

「神が争うことはないのか？」

「我々が？　ないな」

すぐにないと答えられたが、本当だろうか？

「絶対に？」

「あぁ、争う理由がない」

争う理由？　いや、あるだろう。

「勇者召喚には反対派と賛成派がいるんだろう？　この二つの間で争いは起きないのか？」

「いずれ時間が解決する」

「時間？」

「待っていれば、いずれは結果が出る。なので待っていればいいだけだ」

結果？　それって勇者召喚で子供達が争いをやめるか、やめないかってことか？　それだったら既に答えは出ているはずだ。失敗として。まさか、これとは違う結果が出るのを持っているのか？

「どういう結果が出れば満足するんだ？　それにどれくらいの時間待つんだ？」

「結果は何が出てもいい。時間は特に決めていない」

アイオン神の返答に頭を抱えたくなる。勇者召喚の結果は既に出ているはずだ。なのに、いまだに結果が出るのを待っている。それって無駄だろう。そもそも間違いは時間だ。

「普通、期間を決めてから待つだろうが」

「いつでも決められるからな」

……駄目だ。考えが違いすぎて合わない。というか、時間が無限にあるということの弊害なんだろうか？

224. 理解は無理……関係ないよね。

ある程度のことは話し合えば理解しあえると思っていたけど、無理。根本的な違いが大きすぎて、分かりあえそうにない。話すだけ時間の無駄だ。

「はぁ～」

うれしくない経験だな。

「どうかしたのか？」

「いや、なんでもない」

他のことを聞こう。何があったかな？

「そういえば、俺は人間ではなくなったらしいが、何になったか分かったのか？」

前にデーメー神がこの星に来た時に、そんなことを言っていたよな。人間から変化していると。

「それなんだが、前例がなくていまだ分からない状態だ」

神も前例とか考えるのか。そのあたりは、なんとなく俺達と似ているような。というか、前例がない？

「まさか俺って未知の存在ってこと？」

「そうなる」

ハハハ、未知の存在か。ということは、これ以上聞いても無駄かな。なんとなくこの話も平行線になる予感がする。後は……。

「驚かないのか？」

アイオン神が聞いてくるが、この神は何が知りたいんだ？

「いや、十分に驚いていています」

「そうか。悪い」

驚いていないわけないだろうが。でも、衝撃を受けたと同時にそれを抑え込むような「仕方ないな」という気持ちが湧きあがっている。これがギフトの効果なのかな。それにしても、もしかして神にとって俺って実験台とか言わないよな。……まさかね。

「あっ、この星はどうなるんだ？」

そうだ、この星の安定をお願いしたい。ロープが不安定だって言っていたから、不安だったんだよ。

「私がとりあえず星を管理することになった。それでお願いがある」

お願い？

「何を？」

「この星の主導権を私にもらいたい」

えっ？　そんなの神なんだから自由に取っていけばいいと思うけど。

「どうぞ」

「よかった。結界を外してもらえるか？　私の力で外そうとしたんだが、できなかったんだ」

結界？　何のことだ？　それに主導権を持っているのはロープだぞ？

「俺に言うのはおかしくないか？　主導権を持っているのはロープなんだが」

「『えっ！』」

なんで二人とも俺が握っていると思ったんだ？

「ロープ？」

あれ？　知らないのか？　でも、時間を操れる神がこの星を調べたんだろ？　だったら知っていると思うんだが。

「君はおもしろい名前をつけるな」

げっ、名前のことか！　アイオン神を見ると笑っている。

「気にしないでください。そして名前については一切聞かないでください」

そんな残念そうな顔をしないでほしい。俺だって名前を変えたいんだから！　だが気に入ってしまって、他の名前を嫌がったから諦めて……。まぁ、親玉さんとか、毛糸玉とかは俺も気に入っているけど……センスがないのは知っている。あ～、日本語が通じないことをいいことに、好き勝手つけたからな。文句が出たら、誠心誠意謝ろう。

「そのロープという者はどこにいる？」

「知らない」

まだ居場所を確認していなかったな。

「知らない？　そのロープというのは何者だ？」

「知らない」

「知らない？」

アイオン神が神妙な表情をする。

「まだ声だけの知り合いだ。姿は……巨大な石だな。おそらく」

飛びトカゲが見せてくれた映像とロープが一緒だという確認はしていないが。しめ縄なんてこの星にいくつもないだろう。無意識に俺が作っていたら知らないが。あれ？　しめ縄をイメージしたのは一回ではないような……確か二回……まぁ、いいか。

「巨大な石？」

「あぁ」

そういえば、いつもロープから声が掛かるけどこちらからは無理なんだろうか？　えっと……しめ縄を巻いた巨大な石をイメージして、声が届くイメージを作って。

「ロープ、聞こえるか？」

「何をしている？」

説明せずに実行してしまったので、アイオン神が不思議そうに見つめてくる。説明してからやればよかった。何気に恥ずかしい。後先考えずに思い立ったらすぐ実行は駄目だな。本来の俺とは違う性格だから、ギフトの効果だろうがこれは少し考えものだ。

「主、呼んだか！　主から声が掛かるのは初めてだ！」

空中から、いきなり声が響き渡る。呼んだのは俺なんだが、正直ビビった。何か前触れが欲しいところだ。

「悪いな、いま大丈夫か？」

「主が呼ぶなら、いつでも大丈夫だ」

元気だな。

「ありがとう」

ん？　神が静かだな。二人を見ると、唖然とした表情をさらしている。

「どうかしたのか？」

「この気配、魔幸石か！」

まこうせき？　ま？　って、魔？　こうってどんな字だろう。好？　高？　……分からないな。

せきは石だろうな。魔こう石？

「魔幸石か、まさか本当に？」

近くにいた飛びトカゲの声が耳に届く。どうやら知っているようだ。

「知っているのか？」

「あぁ、知識としてだが『天界の子供の血と魔界の子供の血を魔幸石に捧げ、新たな力を授からん』と言われている神が作った、強大な力を持った石だ」

天界の子供の血？　それって天使達の血か？　魔界の子供……あっ、卵。で、それを魔こう石に捧げると、新しい力が生まれるのか？

「ロープは、魔こう石なのか？」

「あぁ、そう呼ばれていたな。だがそれは既に過去のことだ。いまは主を守る御神木だ」

御神木？　いや、あれは木のことなんだが。えっと、もしかして間違って覚えているのか？　これは訂正をするべきか？　あっ、その前に「こう」という字をどう書くのか聞いておこう。

「ロ――」

「待て、どういうことだ？　どうして魔幸石が意思を持っているんだ？」

アイオン神の慌てた声に言葉が遮られてしまう。後でいいか。それにしても随分と焦っているな。嫌な予感がするな。

「主、見かけぬ者達だが誰だ？　すごく嫌な気配がする」

ん？　ロープにはこちらが見えているのか？

「主？」

ロープの聞こえてくる声が少し低くなる。まるで何かを警戒しているようだ。

「悪い、この二人じゃなくて……二柱は神で、アイオン神とデーメー神だ」

「神………」

ん？　声が聞こえなかったのか？

「ロープ？」

「主、神を信用しては駄目だぞ。奴らは自分達のことしか考えない者達だからな」

なんだかロープの雰囲気が変わった。声も冷たく感じるし。神に何か恨みでもあるのか？

「神を侮辱するのか？」

デーメー神が声を荒らげる。この神、ちょっと短気だよな。前の時は我慢していたのかね。いろいろと。

「侮辱ではない。本当のことを主に言っただけだ。何か問題でもあるか？」

「なんだと！」

デーメー神の怒りで、彼の神力があたりに広がる。問題が起きたら困るので、結界で覆うか。

「結界」

上手くいったな。神力を上手く閉じ込めることができた。

「本当のことを言われて頭にきたのか？　馬鹿が」

ロープの小馬鹿にした声が空中に広がる。

「貴様、魔幸石の分際で」

「はっ、ただの神に何ができる？　できるなら受けて立ってやろうじゃないか」

はぁ、何だこれ。なんでやりあってんの？　というか、神と巨大石が喧嘩って……。まぁ、石の方が姿が見えないいんだけど、だからこそ余計に滑稽なんだけどな。

「やってやる。魔幸石がただの石だと思い知らせて――」

「ロープ、やめろ。デーメー神もいい加減にしてくれ」

なんで俺が止めなければならないいんだ。アイオン神はなぜか呆然としているし。使えないな。

「うっ、ごめんよ、主。でも、神には良い印象がないいんだ。俺を作ったくせに不要だと閉じ込めたからな」

なるほど、それは恨むな。でも、どういう経緯で閉じ込めたんだ？……あまり知りたいとは思わないが、ロープのことだしな。ロープやデーメー神より、アイオン神の方がまともに答えられるかな。

「アイオン神、そろそろ正気に戻ってほしい。で、説明してくれ」

アイオン神の視線が俺に向く。何度か口を開け閉めしてから、ギュッと閉じられる。それって話せないということか？

「主、我は魔幸石という神に作られた強力な力を持った石だ」

ロープが説明をしてくれるらしい。アイオン神がちょっと怖い顔をしているが、まぁどうでもいいか。

「で？」

「魔幸石は我も含めて四個作られた。だが神が成功したと認定したのは一個だけ。ちなみに俺は失敗作だと言われて、封じられ閉じ込められた」

失敗作なんだ。

「だが、それは神から見た結果で、我らから見た結果とは全く違う」

「どう違うんだ？」

「成功したのは三個で失敗したのは一個だ」

「なっ、そんなはずは。成功したのは一個のはずだ」

アイオン神が慌てて訂正をしてくる。なんだかややこしいことになりそうだな。というか、これって俺に関係ないことなのでは？　うん、ないよな。他で話し合ってくれないかな。

225. 傍観中……馬鹿馬鹿しい。

「俺は嘘は言わない。神とは違う。成功したのが三個だ」

「しかし、聞いた話では……」

アイオン神が戸惑った表情で黙り込む。

聞いた話ということは、事実は違う可能性があるな。それにしても、失敗と成功で何が違うんだ？

「はっ、どうせ聞いた話を鵜呑みにして誰も本当のことなど調べていないのだろうが。あんた達神はいつもそうだ。何でもできるくせに何もしない。まるですべて他人事だ」

確かに何でもできるようなのだが、していないな。というか、興味がないように感じる。長く生きすぎて興味が薄れたのか、子供達を見守ると言いながら見ていない。アイオン神はまだましだが、デーメー神は特にそれを感じる。だったら神を辞めたらいいのに……辞められないとか？　まぁ、なんでもできる力があるんだから、何とかしようとすればできるはずだ……たぶん。ただ、デーメー神は飽きているくせに神という存在に固執しているように感じる。縋り付いているというか。

「そんなことはない！　それを発表したのは上級神でも相当な実力があり信頼もある神だ！」

デーメー神が怒りを含んだ声で、空中に向かって怒鳴る。シュールだ。

「はっ、その神が嘘をついたんだろう」

「嘘などつくか！」

神も平気で嘘をつくようだから、断言はしない方がいいと思うけどな。現実に、成功したと言っている魔こう石のロープがいるのだから。まぁ、ロープの言っていることが本当かと聞かれると、分からないとしか答えられないが。それよりいい加減に、「こう」がどんな字を書くのか聞きたいのだが……後で聞くしかないか。忘れそう。

それにしても、変な状況だな。姿の見えない声だけの存在に、二柱の神が怒鳴っているのだから。違うな、怒鳴っているのはデーメー神、一柱だ。アイオン神はまだ冷静だ。

「だいたい神に作られた存在のくせに、神に楯突こうというのか！」

なんだか嫌な言い方だな。まるで、作ってやったんだから言うことを聞けみたいな印象を受ける。

そういえば、アイオン神は「神は争いはしない」と言っていたけど、嘘だよね？　このデーメー神の評価が底まで落ちたな。あっ、デーメー神の評価は元から底だったな。

神を見ていると「絶対に争いはありましたよね？」と聞きたくなる。キレやすいし、熱くなりやすい。どう考えたって、率先して争い事を起こすタイプだ。

「楯突く？　最初に我々を裏切ったのはお前達神だ！」

「なんだと！」

それは聞き捨てならないな。

「作られた時、我々は神のためにあった。神のために力を使うことに疑問などなかった。だが、力を見た神がいきなり『我々神に危害を与えようとしている』などと叫び、何が起こっているのか分からない状態なのに深い闇に閉じ込めた。それだけならまだ許せた。だがお前達は、力だけは利用した！」

んっ？……閉じ込めて、力を利用？　どこかで聞いたことがある話だな～。ハハハ、当たり前だこの星で龍達が森に閉じ込められて、力を利用されていたんだから。あっ、なるほど見習い達は、神のしていることを見習ったのか。なるほど、なるほど。子は親を見て育つとはよく言ったものだ。親子ではないらしいが、似たようなものだろう。それにしてもロープの力って何なんだろうな。神が恐れる力？

「それは………だいたい作った存在に、危害を加えようとする方が悪い」

デーメー神の言い分が、先ほどから無茶苦茶だな。それにしても危害を加えるって、死なない存在なのに何を恐れるんだ？　あっ、飛びトカゲが確か新しい力を授けてくれるって。つまりその力が問題なのか？　神を痛めつけることができるとか？

「危害だと？　お前達が求めた力ではないか！」

「何？」

「神は死を選べない。だが長く生きてつらい、我らに死を与えてくれと作られたのが我々だ！　危害ではない、お前達が求めた力だ！」

なるほど、死ぬことができないからロープの力を借りて死のうとしたのか。それが本当なら、ロープはまったく悪くないよな。というか、確実に被害者だ。この場合「者」でいいのかな？　石の場合は被害石？　というか俺は、何を馬鹿なことを考えているんだ。ロープとデーメー神は、どんどん険悪な雰囲気になっているのに。何だろう、デーメー神の言っていることが、馬鹿すぎて真剣になれない。まともに聞いてたら殴りたくなる。

「えっ、君も神に死を与えられるのか？」

アイオン神が驚いた表情をする。

「成功した三個ができるんだ。お前達が成功と言っている一個にはできないがな」

何だそれ。神からしたらできる三個が失敗作で、できない一個が成功？　もしかして、元々作る気がなかったというか、成功すると考えていなかった？　そういえば、テレビで誰かが言っていたな「力があったら試してみたくなるものだ」と。神も同じだとすれば、持っている力で何ができるのか試したかった。そう、ただ試しただけ。なのに、石を完成させてしまった。しかも三個も。だから慌てて失敗作として封印して、なかったことにしたとか……ありえそうだな。

後は、実際に死を前にして、本気でビビって隠したか。こっちだと情けなさすぎるけどな。まさかこれはないだろう。……ないよな？　デーメー神を見る。あるかもしれない。

それにしても、神ってもっと気高い存在だと考えていたんだが。だからこそ敵だった場合、どうしたらいいのかと悩んだのに。あれほど悩んだのに、無駄だったかもしれない。

「なんだか話を聞けば聞くほど、バカバカしいことに巻き込まれた感が拭えない」

「主、我もそう思う」

飛びトカゲが隣で俺の言葉に同意してくれる。視線を合わせて、一人と一匹で同時に大きなため息をつく。

「ご主人様。お茶のおかわりいりますか？」

疲れた様子を見せた俺を気遣ってくれる一つ目達。なんだかものすごく癒やされる。それにしてもご主人様呼びが、いまだに慣れない。主の方がましかな？

「ありがとう。何か甘いお菓子があれば食べたいな？」

疲れた時には甘いものが一番だ。

「あります。食べますか？」

「あぁ、もらえるかな？　飛びトカゲもどうだ？」

「いただこう。彼らの作るお菓子というものは美味いからな」

飛びトカゲの表情の変化は分からないが、声がうれしそうだ。

「分かりました……あの、あそこの神達には、どうしましょう？」

一つ目の視線が二柱の神に向かう。

「ん～、いまはいらないと思うから、気にしなくていいよ」

デーメー神もアイオン神も、最初の目的忘れてるよな。というか、ロープを呼んだわけは確か主導権を譲ってほしいって……。あんなロープの状態では無理だな。さて、俺はどう動こうかな？

この世界を守るためには……。

「飛びトカゲ、神と喧嘩したらやばいかな？」

「別に我らがいるから問題ないぞ」

ちょっと驚いて飛びトカゲを見る。絶対反対されると思った。

「龍って神の使者ではないのか？」

「俺達は、神の使者ではないよ～」

後ろから俺の頭に軽く衝撃がくる。視線を動かすと横から小型サイズになった水色。

「そうなんだ」

「うん。だから堂々と喧嘩しても大丈夫。この星の龍達は他のところと違って仲良しだし」

仲良しなのはいいことだが、他の星と違って？

「この星以外の龍達は、仲良くないのか？」

「知識によれば、龍達はいがみ合ってるみたい。主に会う前は、ここもそんな感じだったし」

えっ、そうなの？　会った時から仲良かった気がしたけど。

「どうしていがみ合っていたんだ？」

「分からない。ただ、存在が鬱陶しいと思っていたことは確かだよ。何というか嫌悪感もあったし」

存在が鬱陶しい？　嫌悪感？　その理由が分からないなんて、おかしな話だな。

「いまは？」

「皆いい奴！　俺に力の使い方も教えてくれる。親玉さんも面白い」

親玉さんが面白い？　それは……気になるが、後にしよう。

「水色や飛びトカゲがいたら、俺が神と喧嘩しても大丈夫とはどういう意味だ？」

「神の力は強い、だから我だけではどうにもならん。だがここには仲間達がいる。力を合わせれば神と同等以上の力が使える。主が神に何かするなら、星を守り主もしっかりと守る！」

お～、頼もしい。力を合わせると、神以上の力が使えるとかすごすぎる。……ん？　神以上の力
……理由のない嫌悪感……。

「神が自分達の脅威にならないように、龍達の仲を引き裂いていたりしてな」

まさかな。いや待て「自分達に死を与える力」を恐れたんだ。「自分達を抑え込める力」を持つ龍達を恐れたとしてもおかしくない。うわっ、ムカつくことに気付いたかも。まぁ、それが本当なのかは、分からないけど。

「ふざけるな！」

デーメー神の声に意識をそちらに向ける。色々と考えていて、話を聞いていなかったな。まぁ、特に問題はないだろう。重要なことなんて一つも話していないし。

226. 可愛い！……いつまでやるのか。

「どうぞ」

一つ目が温かいお茶を目の前に置いてくれる。

「ありがとう。お～、相変わらず美味しい」

「口にあって、よかったです」

一つ目達が準備してくれたお茶とお菓子を楽しむ。龍達には俺より一〇倍ぐらい大きいお菓子が配られているようだ。それでも体のサイズから考えると小さいかと思っていたら、飛びトカゲと水色がするするするっと見たことのない小ささになっていく。それを唖然と見ていると、おそらく一メートルにも満たないサイズになった。

「そこまで小さくなれるんだ。初めて見た、そのサイズ」

少し困惑しながら二頭に声をかける。

「最近、この大きさになっても、問題なくなったのだ。ほらっ、このサイズだと、このお菓子も存分に楽しめる」

二頭はちょっと恥ずかしそうにお菓子の前でふわふわ浮いている。……なんだこいつら、無茶苦茶可愛い！

「確かに満足感が違うよな」

「へへ」

水色がうれしそうに笑う。やはり大きさで随分と印象が変わるな。いまのサイズで笑うと本当に可愛い、二メートルぐらいの大きさでもまぁ、可愛いかなっと思う。が、それ以上のサイズの時に笑っていると「食われる？」と思うほど怖い印象を受ける。やはり大きさって重要だ。あっ……食べ方は丸呑みの蛇スタイルか。ワイルドだな。

「俺達の苦労も知らずに、言いたいことを言いやがって」

デーメー神はもう少し声を抑えてくれないかな。煩い。

「ご主人様、他の者達にも配ってきました」

「ありがとう。一つ目達もゆっくり休憩しろよ」

「優しいなぁ」

「ん？」

目の前の一つ目が何か言ったようだが、その声は小さすぎて聞こえなかった。

「本当のことを言われて逆ギレか、少しは冷静に考えられないのか？」

ロープは冷静だな。さっきは少し興奮していたようだけど、落ち着いたようだ。

「貴様！」

デーメー神が駄目だな。完全に怒りに飲み込まれている。

「いえ、なんでもないです。分かりました」

一つ目が慌てて手を振って何もないアピールをする。

「あぁ」

本当に一つ目達は働き者だ。……ちょっとは俺も見習わないと駄目だよな。

「それで、主。どうするか決めたのか？　神とやりあうか？」

水色の言葉に飛びトカゲもこちらを向く。そして言い合いをしている神達を、一緒に見る。正直、関わりたくないなという思いだ。

「どうしたものか……あっ」

そうだ、現状をしっかり共有した方がいいかもしれない。少し前まで会話ができていなかったことも含めて。でも、信じてくれるかな……。いや、俺の力のこともある。ちゃんと話しておこう。

「ちょっと聞いてほしいことがある。これから話すことは記憶とは異なると思うが真実だ」

俺の真剣な表情に二頭の龍の顔も引き締まる。

「少し長い話だが……」

少し前まで会話ができていなかったこと、それがロープの力でできるようになったこと。ロープがおそらく飛びトカゲが見せてくれた石だということ。仲間の記憶が変わっていること、俺の記憶だけが変わっていないこと。いまこの世界の主導権をロープが持っていること。そして力の暴走についても話しておく。記憶の部分でかなり驚いた様子の二頭だが、最後まで何も言わずに聞いてくれた。

「……主の力がまさか暴走しかかっていたなんて。いまは大丈夫なの？」

水色が心配そうに、俺の周りをグルグルと回りながら聞いてくる。それに少し笑って、頭を軽く撫でて「大丈夫」と答える。

「我らの記憶が……」

飛びトカゲが神妙な声を出す。やはり知らない間に記憶が変わっているなど、信じられないかもしれない。

「だったら寿命を持てるように、変化したらいいだろうが。それを拒否し続けている理由は何だ？」

「それは……」

「デーメー、もうやめろ。寿命を持たないのは、子供達のためなんだ」

おっ、とうとうアイオン神も参加しだした。それにしても寿命を持てるように変化できるのか？

本当に何でもできるんだな。あれ？　アイオン神は、長く生きすぎてすべてに飽きた神が問題を起こしたとかなんとか……寿命を持てば解決するのでは？　拒否する理由は何だろう？　意味が分からないな。いまの俺達の状態を見て、子供達のためになっているとは思えない。

「主、話してくれて感謝する。記憶がいじくられたのは悔しいが主と話せるようになったのはうれしい」

「信じてくれるのか？」

「主は俺達に嘘は言わないだろう？」

「もちろん。それに俺も皆と話せるようになってうれしいよ」

水色が俺の頭の上に頭を乗せてくる。サイズがお菓子の時より大きくなっているのでちょっと衝撃が。それにしても、無条件で信じてくれる存在がいるのはうれしい限りだ。

「えっと、俺が知っていることはこれですべてだ……言い忘れはあるだろうが、いまは思い出せないから思い出した時に聞いてくれ」

「忘れていることがあるのか？」

「絶対にある！」

「主はもっと完璧だと思っていたが、思いのほか抜けている部分があるようだ」

飛びトカゲの言葉に苦笑いしてしまう。言葉が通じていない間に、いったいどんな俺がみんなの中でできあがっているのか。聞くのが怖い。

「子供達のため？　馬鹿なことを言うな！」

　ロープが馬鹿にしたように笑う。

「何が言いたい？」

「お前達神は、ただ怖いだけだろう？」

　怖い？　何でもできる神が？　どうでもいいけど、いつになったらあの話し合いは終わるんだろう。昼の仕事を終わらせた農業隊が、空中に向かって話しているデーメー神とアイオン神を不思議なものを見るような目で見ているのだけど。意外と気付かないものなんだな。……農業隊、そのちょっと憐れみを感じさせる視線はやめてあげて。さすがに可哀想だから。

「馬鹿なことを言うな！　我々に怖いものなどない！」

「死ぬことで、地位も力もすべて失う。それを恐れているのだろう？」

「……」

　えっ！　ロープの言葉にアイオン神は無言？　ということはそう思っているのか？

「違う！　なぜアイオンはそこで黙るんだ！」

　デーメー神がアイオン神の態度に怒りを見せる。

「いや。ありえることだと思ったのだ」

　アイオン神の言葉に唖然とするデーメー神。

「神と関わるの、面倒くさいな」

　ロープ達の会話を聞いていると、本当にため息が出る。

「そうだな」

「うん」

飛びトカゲと水色も、ちょっと馬鹿にしたような雰囲気で頷いてくれた。同じ感想でよかった。

それにしても、いつまで続けるんだろう。あっ、新しいお菓子が来た。

「これも美味しそうだな」

「うん」

飛びトカゲと水色の視線が、新しいお菓子に釘づけになっている。新しいお菓子はフルーツをふんだんに使ったケーキ。さすが一つ目だな、見た目から綺麗だ。ゆっくりお茶を楽しみながら、二柱がロープと言い合いをしている風景を眺める。正直、聞いているのも馬鹿らしい内容だ。解決策というか、変化を起こせる方法がある。なのに、その地位に縋りついてしまって身動きが取れない。

このあたりものすごく人間臭い。手に入れたものは死んでも離さん……ちょっと違うか？

「そういえば主はどうやってこの星に来たのだ？　俺達のように知らない間にか？」

「あれ？　もしかして話し忘れた？」

「「あるじ～」」

飛びトカゲ達がちょっと情けない声で俺の名前を呼ぶ。

「ハハハ」

仕方ないよ。思い出さなかったのだから。とりあえず掻い摘んで説明。話が終わると、水色から怒りの気配を感じた。

「主をそんなくだらないことに巻き込むなんて！」

「ありがとう、水色。怒ってくれて」

「主はもっと怒ってもいいと思うぞ」

飛びトカゲのしっぽが怒りのためかバタンと地面を叩く。

「まぁ、そうなんだが」

確かにもっと怒り狂ってもいいとは思うが。

「主？」

「最初の頃は、そんなことを思う時間もなかったな。日々を生き延びることに必死で。巻き込まれたことを知った時は、衝撃が大きすぎてただ神の話を聞いているだけだった」

「そうか」

「いまは怒ると言うより……」

デーメー神とアイオン神を見る。

「とりあえず関わりたくない」

「ハハハ。その意見に賛成だな」

アイオン神は、本気で心配してくれていた。だがデーメー神は頭を下げたくせに、謝罪の気持ちがまったくなかった。おそらくこの場を収めれば問題ないとでも思っていたのだろう。頭さえ下げておけば問題ないと。……ギフトの力なのか、相手の気持ちが伝わるんだよな。前にデーメー神に会った時は、まだこの力はなかった。なんで力が増えているんだろうな？……デーメー神に何かされていたりしてな、前回会った時に……。

「まさかな」

えっ、本当にまさかそんなことないよな？

227. 現実はシビア……あれ？　解決？

農業隊が午後の仕事に向かう。あの子達の休憩は本当に短い。もう少し長く休憩したらいいと言ったが拒否された。いわく「本当は休憩もいらない体」なんだそうだ。岩人形って頑丈だな。

「もういい加減にしろ！　神がすごい存在だと説明されても本性を知っているから思えるわけないだろう！」

デーメー神のしつこさにロープが叫ぶ。

「だから、お前は何も知らないと！」

「あ～、はいはい」

ロープの声が疲れてきているな。大丈夫か？　まぁ、ずっと続いているもんな、この無駄な攻防。それを見ながらお茶タイムを楽しんでいるけど、そろそろ止めた方がいいよな。だが、どうやって止めたらいいんだろうか？

「貴様、本当に！」

「あ～！　鬱陶しい！」

ロープがキレること数回目。あれ、何回目だっけ？

「七回目？」

「いやロープのキレた回数なら九回目だ」

俺の独り言に飛びトカゲが付き合ってくれる。そうかロープは九回もキレているのか。

「よく相手できるよな」

「あぁ。主、こちらに来るぞ」

「ん？」

ボーっと空を見ていた視線を、飛びトカゲが見ている方へと向ける。アイオン神がこちらに来た。

何か用事でもあるのだろか？

「……何か？」

俺の言葉に苦笑いを浮かべるアイオン神。何だ？

「なんだか馬鹿らしくなってきた。そちらに交ぜてもらってもいいか？」

「別にいいが……いまさら？」

あっ、ものすごく呆れかえった声が出てしまった。

「本当に、すまない。こんな予定ではなかったんだが……はぁ、デーメーを連れてきたのが失敗だな。まさかあんな性格になっていたとは」

「知らなかったのか？」

「あぁ、数百年ぶりに会ったらあれだ。以前はもう少し融通が利いた……と思う」

なるほど、久々に会ってあれだとビックリしただろうな。俺も前回とはあまりにも違いすぎる性格に、ビックリしている。プラス、ちょっとビビっている。変わりすぎだ。

「どうして、あんなに『神という存在』に拘っているんだ？」

デーメー神の言い分を聞いていると、異常だ。筋が通っていない。なのに、神はとにかくすごい存在なんだとごり押しが酷い。たとえすごい存在だとしても、あれだと反発されるだろう。

「……いつの間にか、だな。」

いつの間にかって……理由なし？

「寿命を嫌がる理由は？　子供達以外で理由があるんだろう？」

「寿命………」

なんでそんな嫌そうな顔を？

「私は、神も寿命が持てることを先ほど知った」

「は？　いや、さっき子供達のためと」

「うっ……悪い。私も神の端くれなんだろうな。とっさに知らないとは言えなかった。神としての馬鹿な意地だ」

馬鹿な意地ね。神とは面倒くさい存在だな。

「なんで知らなかったんだ？」

「……おそらく、私が知れば賛成派が増えるから。私の耳に入らないようにしたんだろう」

「「「…………」」」

なんと言えばいいのか。長く生きることで、絶対に間違った方向へ進んでいるよな。

「先ほどは簡単に説明したがギフトで何か聞きたいことはあるか？」

「いや、とくには何も」

「そうか。本当に、不思議な存在だな」

なぜかアイオン神がじっと俺を見つめてくる。

「なんだ？」

「いや、勇者召喚で贈られるギフトを受け取りながら、ここまで自我を守った者は初めてだ。何度か助けるために駆け付けたが、手遅れな者がほとんどだった」

アイオン神はそんなことをしているのか。あっちこっちで暴走する神がいるようだし、大変だな。

「今回のことで勇者召喚をするための条件がより一層厳しくなる。なくしたかったが反発が強くてな」

「愚かだな」

本当に神という存在は愚かだな。長く生きることで問題が起きているのに、権力を握りしめて離さない。……俺達人間を作った存在なだけはある。そっくりだ。

神がこんな存在だと知ったら、華は悲しむだろうな。あの子は、ファンタジー小説が好きだったからな。

あれ？　俺は失敗とはいえ、勇者召喚でこの星に来たよな。華の好きな展開というやつか？　確か転生や召喚、トリップものが好きだったはずだ。となると……えっ、俺が主人公？　ハハハ、無理無理。それに勇者に贈られるギフトが現実的すぎて怖い。ファンタジーで性格崩壊とか、どんなシビアな物語だ。

「……そうだな──」

「だったらお前達に寿命をくれてやる！　主、力を借りたい！」

お～、びっくりした。ローノの怒鳴り声が、響き渡った。

「主？」

うわ、声が近くなった。姿が見えないと不気味だな。

「主？」

「あっ、力だったな！　いいぞ、ただし使いすぎるなよ」

「大丈夫。では借りる」

あれ？　いま、ロープは力を何に使うと言っていた？　寿命が何とかって……やばい聞いていなかったけど大丈夫だよな？

おっ！　体の中から膨大な力がごっそりと抜き取られる感覚に、体が硬直する。えっと、こんなに持っていくのか？　大丈夫だよな？

「ロープ？」

ロープに確認を取ろうとしたら、なくなったはずの力がふっと戻る。あれ？　そして、またごっそりと取られていく感覚がする。……もしかして俺の力って、いつの間にか無限に湧いて出てくるようになっているとか？　いやいや、それはないよな？　否定するが、なくなったはずの力がどこからかふっと体内に戻る感覚に押し黙る。

首を捻っていると、近くの椅子に座っているアイオン神が一瞬光る。視界の隅でデーメー神が光るのも見えた。

「おや？」

アイオン神が、不思議そうに自分の手を見つめている。何が起こったのか不明なので、飛びトカゲと水色と一緒に静観しておく。巻き込まれるのはごめんです。他の仲間達も、岩人形達も遠巻きに見つめている。

「何かが動いているようです……これが寿命でしょうか？」

へ～、自分で寿命の動きが分かるんだ。やっぱり神なんだな、すごいわ。それにしても、寿命を感じてうれしそうな顔をするなんて不思議な感覚だな。

「何をした。これはいったい」

デーメー神は大混乱みたいだな。

「ロープ」

「主、呼んだか！」

ほんとうれしそうに答えてくれるよな。

「ここの神だけに寿命を与えたのか？」

「いや、封印された仲間を目覚めさせて主の力を送った。で、全員ですべての神に寿命を与えた！これで奴らも少しは考えるだろう」

えっ、すべての神って……。それはすごいな。

「すごいな。ロープにはそんなことができる力があるんだな、最強の存在だな」

ん〜、なんかすごいことになっている気がするけど、褒めておこう。

「違うぞ主。これには主の力が必要だった。そうでなければ、封印された仲間達を目覚めさせられなかった。それに俺達はこの力を使うためだけに作られた存在。これしかできない」

そうなのか？

「いや、この星の言葉に掛けられた結界を解いたりしただろう？」

「あれは主の力を借りて壊すだけだったからできた、他のことも壊しただけだ」

なるほど。いや、寿命を操作できる存在は最強だろう。たぶん。

あれ？　神の問題はこれで解決したんじゃないか？　寿命ができれば、生きることに飽きていた神も少しは限りある時間に考えを改めるだろう。というか、問題って何だったっけ？　この星の行く末と俺の存在？　星はアイオン神が見守るみたいだし、問題解決。俺は未知の存在みたいだが、特に問題にはなっていないよな。

「神の問題は、俺には関係ないし」

というか、神の馬鹿な執着問題はロープが簡単に解決したな。ハハハ、現実なんてこんなものだな。ヒーローなんてそうそう生まれるものじゃないよな。

228. せめて名前で……断る！

「主、狩りに行くぞ！」

「あぁ、行くか！」

コアの声に座っていた椅子から立ち上がる。今日もいい天気だ。

仲間全員に自分のことを話して既に一カ月。この星に来た経緯や力の変化、暴走。ロープのことや、記憶が変換されていることなど様々な話をした。皆と話すと、記憶の変換が強制的に行われたせいなのか、こまごまとした記憶が異なることが判明。というか、結構ざっくりとした変換がされていた。ちなみに記憶が変換された原因は、星が安定していなかったために起こった誤作動らしい。あまりの事実に頭痛がした。悩んだ時間を返せ！　である。

「今日は何を狙うんだ？」

「唐揚げだ」

「コア、唐揚げは可哀想だろう。ちゃんと名前で呼んであげないと。ちなみにどっちだ？」

話していると、仲間達のそのほとんどが唐揚げ好きだと分かった。理由は酒に合うから。唐揚げに向いている魔物は二種類。一つはイビルサーペント、どう見ても不気味な巨大ヘビ。最初見た時、料理をするのに勇気が必要だった魔物だ。次にキラーラグ。こちらは巨大なウサギ。ただ、日本で見たウサギのような可愛らしさは皆無。恐ろしい牙を持っていて、恐ろしい目で襲いかかってくる。どちらかと言えばイビルサーペントの方のジューシーさが鶏の唐揚げに似ている。キラーラグは少しだけ淡白な味わいだ。

ある時期からこの二種類の魔物が大量に狩られるようになっていた。その時はまだ会話ができなかったため、大量に存在しているために狩る量が多いのだと思ったのだが、どうやら無言の唐揚げ要求だったそうだ。まぁ、知らず知らずのうちに唐揚げの回数は多くなっていたので、何気にその要求は成功していた。

「いや、主。あれは唐揚げになるために生まれたのだから唐揚げで十分だ。ちなみに我はイビル派だ。今日も大量に狩るぞ!」

唐揚げになるためめってものすごく可哀想だろう、それ。ちなみにイビル派とラグ派に味の好みが分かれている。コアはイビル派なのか。俺もイビル派かな?

「狩りすぎるなよ? 滅んでしまったら意味がないんだから」

まぁ、狩っても狩ってもなぜか数が減っている形跡がないんだよな。どうなっているのかは不明。今度アイオン神が来たら聞くか。いや、龍達でも分かるかな?

そういえば、少しは落ち着いたのかな? ロープとその仲間が神に寿命を押し付けて、数十分後アイオン神の部下が慌ててやってきた。彼らの話によれば、かなり大混乱が起こっているらしい。それを聞いたデーメー神はロープに戻せと怒鳴るが、アイオン神は何かを考えてからデーメー神を殴り飛ばして黙らせ、引きずって帰っていった。さすがに黙って立ち上がってデーメー神を殴った時は引いた。飛びトカゲも水色も引いていた。

それから数日してアイオン神がやってきた。なぜかとても不機嫌そうな雰囲気で、ちょっと構えてしまったのは仕方ないことだろう。話を聞くと、どうやら寿命反対派の神達は賛成しそうな神に色々と隠し事をしていたらしい。意外に賛成派が多いことや、神達が守っているはずの星が既に滅んでいたことや、神々の間で小さな争いが頻発（ひんぱつ）していることなど。やはり争いはあったらしい。よく隠せたものだなと、少し感心してしまった。

「興味がないとそんなものだ」

アイオン神が開き直って言うと、イラッとした水色が頭を尻尾で叩いた。「大丈夫か」と少し焦ったが、アイオン神は苦笑い。その後水色に謝っていた。水色や、ここにいる仲間達は神の暇つぶしの被害者だ。怒るのも分かる。というか、龍の尻尾で叩かれたのに平然としていた神。何気に怖いよな。その日は、とりあえず色々と隠されていたという報告をして帰っていった。

そしてその数日後。一瞬暇なのか？　と疑ってしまったが忙しいらしい。また、不意にやってきて、今度は大笑いをしだした。しかもなぜかロープまで一緒に。……姿のない存在と笑い合う姿が不気味だった。

落ち着いてから話を聞くと、反対派がかなり追い込まれているとのこと。それにはロープが課した魔法の発動が関係しているそうだ。ロープ達はいままでの恨みを込めて、星や子供達に被害があった場合、寿命を短くする魔法を付与したらしい。それはこれからの未来に対してのものだったのだが、いままでのことが明るみに出るとそのあまりのひどさに、過去に対しても寿命を短くする魔法を掛けたらしい。その結果、重鎮といわれる反対派の神達の寿命が数百年単位で消えた。

「いったい何をしたら数百年も消えるんだ？」

俺の言葉に、ロープが教えてくれた。魔王を使っての神信仰の布教。自分達を崇めさせるため、どれだけの子供達が被害にあったかは、数が多すぎて把握できず。また、暇な神達は、どれだけ魔王を強くできるか競いだした。その結果、一人の勇者では討伐できない状態になり複数の勇者を同時に召喚。俺の時は四人だったな。確か。魔王の討伐には成功したが、勇者にするためにギフトを贈りすぎて修復不可能。生き残った勇者が災いの元になりだしたため回収。が、回収した勇者も神達には不要。なのでそのまま消滅させたそうだ。消滅させられた子供達の数もまた数が多すぎて不明。他にもと話し出すロープを途中で止めた。あまりの内容に頭痛がした。

「つまり、すべて暇な神と自分が大好きな神が起こした問題だな」

「……そうだな」

アイオン神が苦笑を浮かべる。ちなみにアイオン神の寿命は縮まっていないそうだ。たとえ縮まったとしても、それは仕方ない。自分の責任だと言っていた。すごく真面目な神に見えた。

「今日も大量だな、主！」

「……チャイ、加減をいい加減覚えようか。このままの数を狩り続けると本当にイビルサーペント、滅びるから」

目の前に大量に積み上がったイビルサーペントを見る。短時間で狩るのは別にいい。だが、数が多すぎる。

「いや、主。この魔物大量にいるぞ。まだあそこに」

チャイが前足を指す方を見ると、少し離れた森の奥に大量の魔物が。すべてイビルサーペントの様だ。大量の巨大ヘビが立ち上がってくねくね、くねくね。見なかったことにした。

「それにしてもこう大量に積み上がると、怖いものを感じるな」

目が半開きの状態のものもいるため、呪われそうだ。

「そうか？　美味そうに見えるが」

……絶対に見えないから。見えるチャイの眼がおかしいから。いや、他の仲間達も舌なめずりしている。怖いって！

仲間達が魔法でイビルサーペントを空中に浮かせた状態で家へ戻る。死んだ巨大ヘビの大行列。それが森の中を静かに移動。正直、ホラー映画だな。

「おっ、帰ってきたな。お帰り。それにしても不気味な光景だな」

家に帰るとアイオン神がいた。おかしいな、五日ほど前にも遊びに来ていたよな？　やっぱり暇なのか？　忙しいと言ったのは聞き間違いか？

「忙しいと言っていたのに、大丈夫なのか？　また前回のように部下が泣きついてきたりしないだろうな？」

前回は仕事の時間に抜け出してきたようで、部下が泣きながら乱入してきた。速攻追い返した。

「今回は大丈夫だ。なんせ、反対派の馬鹿……神達が、一掃（いっそう）されたからな」

いっそう？　えっと、一層……一掃？

「えっ！　一掃？　なんで？　誰に？」

いやいや、何この急展開。反対派もまだまだ頑張っているようなことを言っていたのに。

「創造神だ。あのお方が最終判断を下された」

「……いまさらだな。創造神がもっとしっかり管理していればよかったことだろう？」

「その通りなんだろうが、許してほしい。問題を起こした神達の消滅、歪められた星の修復、魂力の安定にすべての力を使って、混乱を収めたのだから」

すべての力？

「創造神は力がなくなっても問題はないのか？」

「まさか、そのまま亡くなったよ。次の創造神は賛成派の一人だ」

つまり命をかけて一掃したってことか。それより消滅とは何だろう？

「消滅と死は違うのか？」

「消滅はその存在がすべて消えることだ。死は次の生がある」

死は輪廻（りんね）ということかな？　消滅はそのまま消え去るのか。

「今回のことは創造神の責任が大きい。だから消滅するかと思ったのだが、ロープが罰を作ったからなのかなぜか死が訪れたみたいなんだ。あれだけ尽力されて神だったからホッとしたよ」

そうなんだ。それはよかった。

「それで、お願いがあるんだ」

「断る！」

「まだ、何も」

「断る！」

嫌な予感しかしない。これ以上、巻き込まれてたまるか！

229. やられた……子育て中。

泣きだした幼い男の子、太陽を抱き上げて背中を優しく撫でる。遊んでいた木のおもちゃを他の子供に取られたようだ。

「一緒に遊ばないと駄目だろう？　雷？」

俺の言葉におもちゃを取った雷は口を小さく尖らせる。その顔は可愛いが、人のものを許可なく取るのは駄目。そのことをゆっくりと説明する。すると小さな頭が縦に揺れた。分かってくれたのかは不明だが、まぁ信じておこう。

「主、桜が眠いみたいなんだけど、どうしよう」

クウヒの言葉に視線を向けると、クウヒに抱っこされた幼い女の子。桜が大きな欠伸を繰り返して、目を擦っている。

「ありがとう。一つ目達がベッドを用意してくれたから、そこに寝かせてくれるかな？」

「分かった」

「そうだ、お昼まだ食べていないだろう？　俺を待つ必要はないから、ウサと一緒に食べてくれ」

「分かった」

「いつも、ありがとうな」

　クウヒの頭を優しく撫でると、うれしそうに笑う。この頃、小さい子達の面倒を任せきりだったから、いろいろ我慢させてしまったかもしれない。ウサもクウヒも、なかなか気持ちを口にしない子供達だからな。後で、アイに二人が無理をしていないか聞いてみるか。アイの種族はクウヒとウサを特に気に入っている。二人のことを見守ってくれていたはずだ。

　しかし、やられた。あの日、アイオン神が来た日。お願いがあると言われたが、断った。絶対に碌なことではないと思ったからだ。だが、話だけでも聞いてほしいと一時間ぐらい粘られた。いい加減鬱陶しく感じて、話だけならと言ったのが間違いだ。あんなことを聞いて、無視などできるわけがない。

「ギフトを上から重ねていったせいで、魔法陣が誤作動を起こしたらしい。それに気付かず勇者召喚を行った神達がいて、翔のような存在が何人か生まれたのだ」

「はっ？　俺のような存在？　生きているのか？」

「死にそうだった。なので対処した」

「そうか。力は？」

「魔力だけだ。増え続けてはいるが、翔のように大量ではなく、いまのところ普通の生活で対処できる程度だ。それで、お願いがある」

正直断りたかったが、俺のような存在ということは未知の存在だ。居場所があるのか不安に思ってしまった。

「なんだ？」

「彼らをこの星で受け入れてほしい」

つまり、居場所がないということなんだろうな。

「創造神はなんて言っているんだ？　神の頂点だろ？」

「創造神もどうしていいのか判断しかねている。まだ、翔のように新しい力には目覚めていないが、その可能性もあるから」

そんなことを言われたら、無視できない。……これは、俺の負けだ。

「はぁ～、何人だ？」

「いいのか？　七人だ」

いいのかって、この星以外に居場所はないんだろうが！

「七人？　多いな」

まぁでも、それぐらいなら引き受けても問題ないだろう。

「分かった。引き受ける」

「ありがとう、すぐに連れてくる」

そう言って、再度やってきたアイオン神を見て頭を抱えた。七人。確かに人数は合っているが、全員子供。しかもまだまだ幼い子供だった。確かに七人の年齢を聞かなかった俺も悪いのかもしれない。まったくそんな気はしないが。一〇〇歩譲って悪いとしよう。だが、俺のような存在になったと言うのだから俺と似たような年齢を想像するだろうが！

「いや〜、ありがとう。助かったよ」

「おい。なんで子供なんだ？」

「会いに行った時は既に死にそうだった。だから体の時間を逆回転させた」

「逆回転」

「死にそうになる前に、戻そうと思ったんだ」

なるほど、確か時間を操れる神がいたな。

「だが、ギフトの魔法と相性が悪かったみたいで逆回転の魔法が暴走した。で、時間が戻りすぎてしまった。暴走している逆回転の魔法を止める魔法を発動させたんだが……なぜか綺麗に記憶が消えてしまって……」

……何をやっているんだ……。ちらりとアイオン神の部下だろう者達が抱っこしている子供達を見る。一番幼い子は七歳ぐらいか？　もう少し大きいか？

「まぁ、一度引き受けたしな。で、彼らの名前と性別は？」

「男が四人で、女が三人。名前はない」

「ない？」

「ギフトで奪われてしまっているし、記憶もない」

「そうだったな。だが元の名前をどこかで思い出すかもしれないだろう？」

「いや、それはない」

断言できるということは何か理由があるんだろうけど、俺には無関係だな。これ以上は関わるのはやめよう。

「そうか」

「……気にならないか？」

「気にならない」

絶対今度こそ聞かない。

俺がアイオン神と無駄な話をしていると、一つ目達がやってきてアイオン神の部下から子供達を引き受けている。

「気になる――」

「さて、俺は忙しくなったからまたな」

「ちっ！」

いま、舌打ちしたよな？　よかった。何かを回避できたような気がする。

「アイオン神も帰れよ」

「……はぁ、仕方ないか。次こそは」

「言っておくが、これ以上ややこしい問題を持ってくるなよ」

「……では、また様子を見にくる」

嫌な間だ。次も気を付けて対応しよう。あれから一週間。この星の新しい仲間。七人の子供の対応にてんやわんや。ようやく一つ目達も七人という子供達に慣れたのか、対応できはじめている。まぁ、ウサとクウヒだけではなく、子天使達も手伝ってくれたからな。

「ん？　うわ！　子天使、翼を下ろして。この子達は誰も空を飛べないから！」

視線の先にはいつの間にか子天使二人に腕を抱えられて飛んでいる翼の姿。慌てて抱っこしていた太陽を、近くにいた一つ目に託し子天使達のもとへ行く。手を上げて翼を受け取るが、子天使達が不思議そうな表情をしている。おそらく面倒を見てくれていたんだろうが、ちゃんと言っておかないとな。

「この子供達は羽がないから、飛べないんだ。まだ力も安定していないしな」

俺の言葉に首を傾げる子天使達。あれ？　理解できなかった？　と思っていると、子天使二人が俺の後ろを指す。つられてそちらを見ると……子供の一人、月がふわふわと飛んでいた。

「飛べるの？」

まさかのことに目を何度か瞬きしてしまった。しかし現実のようだ。

「あ～。あの子は、まぁ特別だから。他の子は飛べないから……まだ……たぶん」

全員飛べる可能性があるな。断言はやめておこう。あれ？　俺と同じ存在なんだよな？　俺も飛べるのか？　あとでこっそり試してみよう。

子天使達は、ふわふわ浮いている月のもとへ。手を繋いでくるくる周辺を飛びだした。

「危ないことはしないように。子天使達、任せたからな」

俺が言うと、二人の子天使がうれしそうに飛ぶ速度を上げる。

「いや、無理はさせないでくれ。月、喜ばない！」

駄目だ、かなり月が楽しんでいる。これは止められないだろう。……諦めるか。

それにしても。男の子は四人、雷、太陽、翼、颪太。女の子は三人、桜、月、紅葉。一気に七人の子育てをすることになるとは。

「『人生何があるか分からない』だな。誰の言葉だったかな？」

とりあえず、泣きだした颪太をあやしに行きますか。

番外編・自業自得です。

今日は週に一回のワインの日、通称「酒乱会」だ。初めの頃に比べると皆の飲み方が落ち着いた。数回の火柱が上がることと雷が地面を横切るぐらいなのだから。たまに、大量の水がアメーバ達によって降り注ぐが。それぐらいだ。うん、それなりに落ち着いた。

最近は、「酒乱会」を週二回にしようとお願いされる回数が増えてきた。ずっと断っていたら、マシュマロが真剣な顔でお願いがあると言ってきた。訊ねると、やはり「酒乱会」の回数を増やしてほしいという内容。

「週二回にしたら、ブドウ畑をもっと増やす必要が出てくる。ブドウ畑の面倒を見ている農業隊は他の果樹や野菜の畑の面倒も見ている。これ以上、仕事を増やすのは可哀想だ」

と言ったら、マシュマロに畑へ連れていかれた。そこには農業隊とアメーバ達、子蜘蛛さん達ファミリー、子アリさん達ファミリーが勢ぞろい。皆に「任せろ！」と言われた。お願いって逃げ場をなくしてからされるものだっけ？　と少し頭を抱えたがこうなっては仕方がない。頑張って新しいブドウ畑を作るために開拓した。後で農業隊にはこれ以上畑を増やさないから、お願いされても断ってと懇願しておいた。効果があるといいけどな。

のんびり飲んでいるとありえない現象が目に入った。

「どうして普通に飲めないいかな？」

少し離れたところで、晴れているのに一部分だけ雨が降りだした。その下では四匹の子蜘蛛達が顔を突き合わせている。あっ、違う一匹は子アリだ。何か火花が散りだしたので、そっと視線をずらして見なかったことにした。あれ？　子蜘蛛達って火は得意だけど水は苦手ではなかったか？

克服したのか？　もう一度視線を戻すと、四匹を囲うように炎が燃え盛っていた。周りにいた子達は既に避難したようだ。やっぱり水より火か。それにしてもあの紫色の炎、何度ぐらいなんだろう。俺が知っている炎の色じゃない。

「どうしたの〜あるじ〜」

後ろからコアの仲間のソアが、俺の頭に顔を乗せて凭れかかってくる。かなり酔っているのか、いつもの力加減が少ない。

「潰れる、潰れる！」

頭の上の顔をぽんぽんと叩くと少しだけ、軽くなった。

「うひゃ〜、ごめん」

「いや、大丈夫だけど退く気はないんだな……それにしても、相変わらずお酒を飲むと口調変わるな」

「へへ〜」

ソアの雰囲気にちょっとほんわかした気分になる。

「なんだと！」

それを壊す、怒鳴り声。

「ん？」

見ると先ほどまで機嫌よく飲んでいた、クロウとシオンが怒鳴りあっている。ついさっきまで狩りの方法で盛り上がっていたのにな。

「俺の方が狩りは上手いと証明してやっただろうが！　あ〜」

「はっ、あの日はたまたま体調が悪かっただけだ！」

何と言うか、随分と幼稚な喧嘩だな。それにしても俺の前では知性溢れる雰囲気があった二頭が、あんなに口が悪くなるなんて。酒によっていろいろな箍が外れてしまっているようだ。

「あの馬鹿達、主の言いつけ守らないで大量に狩ってたもんね～、駄目だよね～」

大量に狩ってた？　もしかして数日前の山になっていた魔物のことか？　あれは大変だった、子鬼達だけでは無理だと思い手伝ったが、それでも真夜中までかかったもんな。

「俺の好きな肉を食いやがったくせに！」

「ふざけるな、お前が食ったんだろうが！」

今度は肉？　肉ならそれなりに食っているはずだが、何の話だ？

「主が作ってくれた肉を横取りしただろうが！」

「お前がしたんだろうが！」

いつの話だ？

「馬鹿だね～、私が食べたのに」

凭れかかってくるソアの言葉に力が抜ける。つまりあの二匹はまったく見当違いのことで言い争っているわけか、ちょっと可哀想だ。

「止めた方がいいかな？」

「ほっとけばいいよ～、主がわざわざ出ていくことなんてないよ～」

ソアはよく争い事の仲裁に入ってくれたが、こっちが素なんだろうか？

「お互いに潰し合ってくれたらいいよ〜。ウヒヒヒ」

素ではない！　きっと酔っているからだ！

「言いがかりだ！」

「それはお前だ！」

本当に止めた方がいいみたいだな。背中に凭れかかっているソアに少し移動をしてもらい。立ち上がり、二匹に近づこうと足を動かすと。

「俺なんて壺一つ全部食ってやったからな！」

ん？　壺？

「なんだと、お前も食ったのか！」

壺？　肉の話だったから壺に入った肉？　もしかしてバーベキューの時に食べようと漬けておいた肉のことか？　そう言えば、一つ目達が慌てていた時があった。あの時はまだ話をすることができなかったので、理解するのが大変だった。分かったことは、貯蔵庫に置いてあった漬けこんだ肉が壺ごと消えていたということ。一つ目達が収穫の手伝いで畑に行っている時にやられたみたいで、皆悲しい表情をしていた。すごい落ち込みようで、慰めるのが大変だった。

「俺なんて一回じゃないからな！　二回だ！」

「俺だって二回だ！」

あ〜、自慢したいことなのかもしれないが、気をつけた方がいいと思うぞ。立っていた俺は二匹から離れた場所を探して、座る。ソアも神妙な顔で俺についてくる。

クロウとシオンの周りにいた子達も、そっと二匹の傍を離れだした。皆酔ってはいるようだが、二匹の話がやばいことに気が付いたようだ。毛で覆われているので、顔色などは分からないがどの子も神妙な顔をしている。

二匹はまだ気が付かない。

「ん？」

何かの気配を感じて横を向いて、速攻目を逸らした。一つ目達が、クロウとシオンを見つめている。あ～、もっと早く止めておけばよかったな。でも、まぁ盗み食いは悪いことだからな。

「化けて出るなよ」

ソアの言葉にぽかりと頭を軽く叩く。思いっきり叩くと自分の手が痛くなるからだ。

「下手なことは言わない。一つ目達だって加減はできる」

「いや、あの目を見てそう思うか？」

ソアの言葉にそっと少し離れたところに並んだ一つ目達を見る。

「ハハハ」

一つ目達の表情に背中を冷たい汗が流れる。それにしても、おかしいな。一つ目達には表情はないはずなのに。あっ、違う。会話ができるようになって表情が豊かになったんだった。それにしても……ブチ切れている。うん、ものすごく切れている。

「あ～、今度はワイ………」

あっ、シオンが気が付いたみたいだ。ものすごい目を見開いている。あぁ、何とも愛嬌のある顔になったな。クロウが言葉を切ったシオンを不思議に思ったのか、シオンの見ている方向を見て、固まった。

うん、すぐに謝れ。速攻で謝れ。そうすれば、まだ生きていられるはずだ！　……ん〜、俺も酔っているのかな？　ふわふわしてる。

「「ひっ！」」

声が出ないのか、小さな悲鳴を出し二匹が立ち上がり毛を逆立てる。あれって、猫だけができる威嚇だよな。あいつらってコアの仲間だからフェンリルっていう種だよな。聞いたことがなかったけど、猫種なのか？　見た目犬種なのに。……猫種だったのか。

「爪とぎ用意した方がいいかな？」

「主、爪とぎって何？」

「ソアもコアと一緒だな。爪とぎいる？」

「ん〜、何か分からないけど、たぶんいらないと思う」

猫種なのにいらないのか？　あ〜、今日はちょっと飲みすぎたな。クロウとシオンが赤い光に覆われているように見える。あれって魔法を発動する前振りだったっけ？　こんなところで何をするんだ？

それにしてもクロウもシオンも威嚇するか、ビビるかどちらかにすればいいのに。毛が逆立っているから威嚇していると思うが、尻尾が完全に体に巻き込まれているし。あれって犬が見せる怖がっているサインなんだよな。あれ、ということは犬種か。なら爪とぎはいらないな。

「「ぎゃっやばまぁた」」

叫び声とよく分からない言葉が広場に響き渡る。どうやら一つ目達の威圧？　を恐れて逃げだしたようだ。でも、それは無駄だと思うぞ。なんせ、一つ目ってあの体格でものすごく速いから。作った俺が言うのもなんだけど、あの足の速さは異常だ。

「わひぁぎゃまゆだお～～～」

森のどこかから、何語なのかまったく理解できない叫びが届く。

「…………いい夜だな」

「…………あぁ」

か細い声にソアを見ると、なんでソアまで尻尾を巻き込んでいるんだ？　何気に周りを見ると、数匹がソアと同じ反応をしている。

「ばれる前に謝れよ」

「おっ、おう」

毛で覆われて見えないが、ものすごく顔色が悪くなっている気がする。それにしても、あのコアでさえ怒らせないように気を付けているのに、よく一つ目達の大切にしているものに手を出す気になるよな。無謀すぎる。

番外編・卵の中のケロベロス。

「目を覚ませ〜！」

「いつまで寝てやがる。この馬鹿！」

「うるさぃ……」

耳元で叫ぶな、俺はまだ眠いんだ。なんだかものすごく疲れているんだ。俺には、まだ休息が必要なんだ。

「馬鹿か〜」

「あほか〜」

なんでこんなに貶されているんだ？　ここはちょっと黙らせるべきか？

「周りを見ろ、敵だらけだぞ！」

「そうだ！　そうだ！　神獣とかよく分からん奴らがうじゃうじゃいるところで、どうしてのんきに寝ていられるんだ！」

神獣が何だって？　そんなもんこの魔界にいるわけないだろうが。馬鹿なのかこいつら。

…………神獣？　そういえば、ものすごく身近に感じたことがあったような気がするがいつだったかな？

「あっ！」

「ようやく目を覚ましたかこの馬鹿が」

「寝ている間に殺されるところだったぞ。だが、これで何とかできるな」

煩いなこいつら。欠伸をしながら、周りを見る。まだ硬い殻で守られているようだ。しかしよく見ると、厚みがあったはずの殻は随分と薄くなっている。それは、俺達に力が戻ってきているからだろう。この殻にはある特徴がある、外からは中は見えないが中からは外が見える。そしてその見え方によって殻の厚さが測れるのだが、外を綺麗に見せる殻の状態から殻が割れるまであと少しというところだ。

寝るというか力を使い切って意識を失う前のことを思い出す。確か、神獣の一匹に俺が見た記憶を送り込んだはずだ。あれは上手く使ってくれただろうか？　周りを見る。……不思議な力を持つ子供が増えている。あれは人間とは違うようだが、何だ種族が分からん？　それにしても、神獣が多い。いや、違う。あれは神獣ではないようだ。だがあの力の強さは、神獣と間違われてもおかしくないほどだ。というか、この周辺にいる全員がすごい力を持っているのだが、どうなっている？　寝る前は……朦朧としていて覚えていないな。

ん？　俺達の空間に入ってきたこの気配は、見守ってくれていた神獣か？　あれは龍の形をしているのだから神獣で間違いないよな？　しかし、前も思ったがかなり小さいな。神獣とはもっと大きく威厳があったような気がするが。

「おい、あれ神獣だよな。なんであんなに小さいんだ？」

「魔力が弱いんだろうよ。それより、どうやってこいつらを倒す？」

「倒す必要がどこにあるんだ？」

「何をのんきなことを言っているんだ！　逃げるなら倒す必要があるだろうが！」

「はっ？　逃げる？」

「そうだ。俺達のことを殺すかもしれない場所になんて、いられないだろ！」

この二匹、相当頭が弱いな。いま、生きていることで殺すつもりがないと分かりそうなのに。

「殺すならとっくに殺しているだろうが、いま生きているということは殺さないということだ」

「確かに？」

「いや。俺達が作りだした殻が強くて、攻撃を撥ね返したのかもしれないぞ」

「なるほど」

……なんでこんな奴らと一緒なんだ？　この馬鹿二匹の面倒を、俺が見るのか？　もう挫けそうなんだけど。

「周りの奴らの力をちゃんと見ろ。言っておくがこんな殻、一発で砕くだけの力があるからな」

「「えっ！」」

慌てて周りにいる者達に視線を走らせる二匹。本当にこれは俺が面倒見る羽目になりそうだ。大きなため息が出そうになった時、全身に震えが走った。ものすごい力がこちらに来ている。

「「ひっ！」」

さすがの二匹も気が付いたようで、怯えた声を出した。というか、この二匹もしかしてかなり怖がりか？　頭が弱くて怖がり？……体を共有していることを恨みたい。

「なんだよあれ！」

「化け物がいる」

「黙れ！」

というか、何だあの力は。いや、この力どこかで感じた覚えがあるような……どこでだ？　殻の外に視線を走らせると、入り口と思われる場所から人の姿をした何かが入ってくる。その瞬間、その者からあふれる力が部屋全体を覆い、どんな力も通さない殻にスーッと染み込んでいく。

「うわっ、なんか殻に染み込んだ！」

「なんでだよ。割れてないよな？　ヒビでも入っているのか？」

違う。力が強すぎるからだ。あれ？　でも力が染み込んだのに苦しくない。真逆の力に触れると、苦しくなるはずなのに。ということはあの者はこちら側の者？　つまり魔族？　でも、ここには神獣がいる。彼らを見ても苦しそうではない。神に仕える者にも魔王に仕える者にも苦しくない力？　そんな力、知識の中にないのだけど。

「なぁ」

「ちょっと黙れ」

いま、考えている最中なんだから静かにしてくれ。

「おいってば」

「だから！」

「あのすごい力、俺達にも入ってきてないか？」

「はっ？」

得体の知れない力を全身で感じとる。確かに体にゆっくりゆっくり染み込むように入り込んでいる。

「なんだか体が軽くなったな」

「あぁ、気持ちがいいな」

「……そうだな」

そう言えば、力が足りなくなって意識がなくなっていたんだった。覚えていたはずなのに、いまはっきりと認識した。……体の中の力を調べる。いまのところ、八割ぐらいの力が戻っている。あの者の力は何なんだろ？　体に染み込んでいるのに攻撃をしてこないということは魔族だと思いたいが、感じた力が綺麗すぎる。でも綺麗な力は俺達に害を及ぼすはずなんだが……。分からん。

「おはよう。三匹とも目が覚めているのは初めてだな」

「「「はっ？」」」

どうしよう、俺も二匹のように頭が弱かったかもしれない。殻は外からは中が絶対に見えないはず。そう見えない………なのに三匹って。なんとなく、前脚を上げて左右に振ってみる。

「今日は反応してくれるんだな」

そう声が聞こえると手を振り返してくれた。間違いなく、俺達が見えている。

「主、何をしている？」

俺達を見守ってくれていた神獣が、俺達に手を振っている得体の知れない者に声をかけた。主と呼ばれているのか。俺達も主と呼んだ方がいいのか？……きっと呼んだ方がいいんだろうな。

「三匹、全員が目を覚ましているんだ。それに俺に向かって前脚を振ってくれた。可愛いよな」

か・わ・い・い？

「コイツ目が悪いのか？」

「そうだろう、俺達を見て可愛いなんて言う奴はいないぞ」

当たり前だ、眼は吊り上がっているし口もデカく、牙も鋭い。そんな俺達を可愛いと言う奴は魔族の中でもいない。

「主は殻の中が見えるのだったな。それにしても、眼は大丈夫か？　ケルベロスが可愛いなどおかしい」

神獣の奴が心配しているじゃないか。

「いや、眼は問題ないから」

眼は大丈夫なのに俺達が可愛い？

「ところでこのケルベロスって卵から孵ったら、どうしたらいいのだろうな？　戻りたいって言われたらまぁ、頑張るけど。このままいてくれないかな～」

「「「ん？」」」

もしかして俺達の先のことか？　そうだよな、このままいったらこのよく分からない空間で殻が割れることになる。ケルベロスの卵が魔界以外で割れたという知識はない。つまり……どうしたらいいんだ？

それにしてもいまの話の内容を聞く限り、俺達のことを友好的に見てくれている。それは本当に助かるな。目の前の奴だけは敵に回すなと、本能が告げているからな。

「どうする！　どうする！　俺達を殺す算段を話し合っているぞ！」

「やっぱり俺達を殺すつもりなんだ！」

「…………黙れ！　いまの話を聞いてどうしてそうなる！」

「「えっ？」」

もうやだ、本当にやだ。

「喧嘩しているみたいだけど大丈夫か？　仲良くしろよ。せっかく一緒に生まれてきたのだから」

「主はそう言うが、こいつらの面倒を見るのかと思うと先が思いやられるのだ」

あっ、まだ殻が邪魔をして話はできなかったんだ。やっちまった。隣を見ると二匹が怪訝な表情で俺を見ていた。くそっ。

「なんだか三匹の中の一匹の雰囲気が暗いんだけど。まだ力が足りないのかな？」

「そうかもしれん。死ぬ直前まで力が枯渇していたからな」

小さい神獣がそう言うと主と呼ばれる者が俺達の卵をそっと撫でて。俺自身が直に撫でられたわけではないのだが、ふわっと優しい力が体を撫でていく。ふわふわふわ。

「「「…………これ、きもちいぃ」」」

だめだ〜。このふんわりした力で撫でられると全身から力が抜けてしまう。主は知識の中にあるどの者達より強者だ。卵を撫でるだけで俺達の体がふわふわになるんだから。それにしても気持ちがいい。もっと撫でてほしいな。

書き下ろし番外編・森はしっかり見守ります！

―カレン視点―

主を見つけたので勢いよく飛んでいく。風の勢いで主を少し吹き飛ばしてしまったけど、許してくれた。ふふっ、主はいつも優しいな。

「久しぶりだな。忙しいのか？」

「忙しかったけど、もう大丈夫」

ここ最近はずっと森の中を飛び回っていた。本当にあっちにふらふら、こっちにふらふら。主に会いたくても会えなくて、寂しかった～。

「そうか。無理だけはするなよ」

心配してくれたんだ。うれしいな。主を羽で包み込むと、温かな主の魔力がじんわりと体に染み渡る。幸せ。川の整理を頑張ったかいがある。

主の魔力を森の隅々まで行き渡らせるために必要な川。最初は自由に延ばさせていたけど、気付いたら森の中が川だらけ。慌てて、私が整理整頓することになったんだよね。それが、まさかここまで大変だとは。主の魔力量を侮っていた。川を延ばすのは水の精霊達の力と主の魔力が必要。だから、ある程度川が増えたらもう増えることはないと思っていた。が、いつまでたっても川は延びる延びる。まさか、森の中を縦横無尽に川が走ることになるとは思わなかった。でも、川が広がったことで森の隅々にまで主の魔力を覆うことができた。全ての精霊達が喜んでいたな。まぁでも、森から出て村にまで川を延ばすほどの魔力量には驚きだけどね。

森が安定すると空気が澄んで飛んでいても気持ちがいいんだよね。あっ、でも。最近気になることがある。森の若木を、勝手に採っていく者達がいるんだよね。あいつらをどうにかしたい。だって、森の木々は森の外に出してはいけないから。

「主、森に害なす者は許しちゃいけないよね？」

急な私の言葉に、ちょっと唖然とした表情の主。

「えっと、害？」

そう、主や森にとって害。森の木々を勝手に採って森の外に持っていくなんて！　絶対に駄目！　まぁ、実際に採っているところを見たわけじゃない。でも、森のあちこちにいる精霊やトロン達が教えてくれる。誰が何をしていったのか。

「そう。森の中でやってはいけないことをする者は、許されないよね？　許しちゃいけないよね？」

「まぁ、そうだな。ようやく森が落ち着いたんだから、余計なことはしてほしくないな」

「そうだよね！」

主が言うんだから間違いない。森にとって害は、排除しなくちゃね。

「主、任せて。森は私が守るから！」

「えっ？　あぁ、無理はしないようにな」

不思議な表情をした主に首を傾げるが、特に問題はないかな。

「森を害した者は、瞬殺するね」

「……待て待て！　瞬殺は駄目だ」

主の慌てた声に驚いてしまう。どうして？　森の木々はこの世界にとって大切なんだから、大切にして当たり前。特にいまの森の木々は、主の魔力が満ちあふれている。その木々を森から出そうとする愚か者だよ？　手加減なんて不要だと思う。

「あ～、森から追い出すぐらいでいいだろう。誰かが死んだわけではないんだろう？」

「それはそうだけど」

追い出すだけ？

「反省を促して、二度と森に害を及ぼそうと思わせなければいいから」

なるほど。二度と森に近付きたくないように反省を促せばいいのか。どうやったらいいんだろう？

「主がそう言うなら。分かった」

難しいけど、頑張ろう。それにしても泥棒にも優しいなんて。さすが主だね。

「カレン。あまり無茶はしないようにな」

主に心配されてしまった。大空を支配するフェニックスである私を、心から心配してくれている。主の魔力が私をふわりと包み込む。

「結界」

主が結界を張り直してくれたみたいだ。前に張ってくれた結界でも十分だけど、今回の結界もすごいな。この純度の魔力の壁だったら、龍の本気の一撃を軽く防げるね。森の中にそこまでの危険はないけど……。

「結界ありがとう。けして無茶なことはしないから安心してね」

主の希望通り、二度と森に来たくないと思うようにしっかりと反省を促そう。

「怪我はしないようにな」

この結界の中にいたら、絶対に怪我はしないだろうな。なんせ最強の結界で守られているんだから。

「分かった。大丈夫だよ」

さて、主からお許しも出たし、森を害する泥棒を見つけて反省してもらおう。

「カレンちゃん！」

主と別れて森へ飛び立とうとすると、後ろから声が掛けられる。振り向くと、ここ最近森を一緒に巡回している農業隊の一体、スリーがいた。三番目に主に作られたからスリーという名前を農業隊の中で決めたらしい。ちなみに名前を自分達で決めたことは主には内緒だそうだ。恥ずかしいと言っていた。農業隊は家の庭や畑の守りを任されてたり、かなり強い。が、皆、主に対してのみとても恥ずかしがり屋だ。理由を聞いたが、ただ恥ずかしくなると言っていた。

「スリー、どうしたの？」

「いまからカレンちゃんは、森を見回りに行くんでしょ？　お供します！　あっ、ついでに一つ目の子も一緒に」

スリーの後ろから、一つ目の子がものすごい速さでこちらまで来るのが見えた。どうも、家の裏の果物畑に行っていたようだ。

「お待たせ！　ちょっとブドウの状態を見ていたからさ～」

ブドウつまりワイン！

「気にしなくていいよ。今年の出来は？」

「今年も最高だよ～」

お～、それは楽しみ！　主と共にあるようになってから、知ったワインの美味しさ。あ～飲みたいけど、いまは駄目だな。見回りが終ったら、一つ目にお願いして一杯だけ内緒で飲ませてもらおう。

「カレン、駄目だからな」

スリーから、じろりと睨みが入る。

「うっ、そこを何とか……ねっ。今日、頑張るからさ、ねっ」

ため息を吐くスリー。隣の一つ目を見るが、肩を竦められた。

「主のご命令は絶対です！」

うっ、それなら仕方ないのかな。諦めるか。

「もうじき、秋の収穫があります」

スリーの言葉に首を傾げる。確かにそろそろ収穫が始まるね。今年の畑もすごい状態だ。

「収穫祭というものがあります」

しゅうかくさい？　……分からない。首を傾げている私を見て、ちょっと驚いた雰囲気のスリー。

「収穫祭というのは、収穫を祝うお祭りです」

……収穫……祭り。あっ、収穫祭かな。

「お祭りするの？」

「主に提案しておきます。お祭りなら、ワインが飲めるでしょうから」

それって七日目じゃなくても余分の飲める日ができるってこと？　さすがスリー。

「楽しみだね収穫祭」

「その前に、大量の収穫があるのをお忘れなく。もちろん収穫祭に参加できるのは収穫を手伝った者だけですからね」

「…………うん。もちろん」

大変だからちょっと忘れたかったたな。あっ、でも今年は収穫が終わったらお祭りがある。ワインが飲めるし、美味しいものが食べられる。頑張れる気がする。

「カレンは目を離すと飛んでいってしまうからな。これで今年の運搬が少し楽になるな」

「そうだね。帰ったら主に収穫祭の話をしておくね～」

「ありがとう」

ん？　スリーと一つ目が何か話をしているけど、小声すぎて聞こえない。主という言葉があったような気がするけど。

「主がどうしたの？」

「主に収穫祭のお願いをするので、どう話そうかと相談してたんだよ～」

そうか、上手く話がまとまるといいな。美味しいワインに、美味しいご飯。唐揚げに、煮豚に角煮！　うっ、よだれが。

「カレン、よだれを拭いて。森の見回りに行こうか」

じゅるん。あぶない、あぶない。垂れるところだった。

「よしっ。行こう！」

スリーと一つ目を背中に乗せる。羽を動かすとふわりと体が浮き上がる。魔力が満ちているから、体が軽いな。

「今日はどこに行くの～」

一つ目の声が聞こえる。そういえば、今日はどこに行くんだっけ？

「今日はエルフの国に向かいましょう。親蜘蛛さん達から、不穏なものの気配ありと報告が来ています」

「カレン、お願い～」

「分かった。少し遠いから飛ばすぞ」

体に力を入れて速度を上げる。そういえば、この一つ目はさっきから不思議な喋り方をしているな。癖なのだろうか？

「一つ目。お前の喋りは癖か？」

「そうだよ～。私ね、きつい性格だから誤魔化そうと思って～」

きつい性格？　そんな風には感じないが。

「確かにお前の性格はきついな」

「やっぱりそうなのかな～。自分ではそんな風に思えないんだけどな～」

私も分からないな。喋り方のせいか、おっとりしている印象なのだが。まぁ、今日これから一緒にいれば色々分かるだろう。

「そう言えば、不穏なものが何か分かっているのか？」

背にいる二体に声を掛ける。何か分かっていたら、探しやすい。

「一つは、魔物。もう一つは、カレンも言っていた盗人(ぬすっと)です」

親蜘蛛さん達も気付いたのか。そりゃそうだよね。森を見回っている、彼らにとっても許せん行為だろうから。

「あっ、主が森に害する者でも瞬殺しては駄目だって」

「「……………」」

不服そうな雰囲気が上から伝わってくる。私が言ったんじゃないから、その冷たい空気を私に向けるのはやめてほしい。怖いから！

「主は優しいですからね～。でもどうしようね～」

「そうですが、主が許すなら従わねば……」

一つ目とスリーが、ため息を吐きながら話す。

「主は『反省を促して、二度と森に害を及ぼそうと思わせなければいい』と言ってたよ」

「ん？　つまり～、二度と森に来たくないと反省させればいいのかな～？」

「そうだと思う。どうすれば二度と森に来たくなくなる？」

考えたけど、何が一番最適なのか分からない。

「ふふっ。思いっきり怖がらせればいいと思うよ」

スリーが、楽しそうに笑うと一つ目も笑いだす。

「そうだね～。怖い場所に来たくなくなるだろうから～。ふふっ」

なるほど。怖がらせるのがいいのか。……楽しくなってきた！

「あっ、問題になっている魔物の種類は何？　その魔物は何をしたの？」

種類によっては住処が分かるから、対処は簡単かも。

「人間達や獣人達が『混ぜ物』と呼んでいる魔物だ。いまから行く場所で異常に数が増えているようだから間引きした方がいいだろうとワンが言っていた」

混ぜ物？　どんな種類の魔物だろう？

「特徴は？」

「よく分からないの～、色々な魔物の特徴を持っているらしいから～。魔眼が森を襲ってから現れた魔物だと聞いたよ～」

なるほど、あれか。森が魔眼に襲われたとほぼ同時に現れた魔物。特徴は、戦っても分からない時があるほど、不気味な存在なんだよね。混ぜ物かぁ。確かに特徴が色々混ざっているもんね。覚えておこう。

「あれは、予測不可能な動きをすることがあるから気を付けないとね」

かなりの速度で飛んだから、エルフの国には早く着いたな。えっと、とりあえず森と村の境目から調べようかな。

「スリーと一つ目は降ろした方がいい？」

「そうだな。私達は地上から調べる。カレンは上空から調べて」

「分かった」

スリー達を降ろして、もう一度空に戻る。地上を見ながら、ゆっくりと飛ぶ。さすがに早く飛ぶと、見つけられないからね。ん〜、この周辺は森の魔力だけだな。あっ、トロンがいた。何か見ていないか、聞いてみよう。

「おはよう」

「あっカレンさん。おはよう」

トロン達が木のあちらこちらから顔を出す。相変わらず、木に擬態するのが上手すぎて、見分けがつかないな〜。

「この周辺におかしな動きをしているエルフや獣人がいなかった？」

「私は見ていないですが、誰か知ってる？」

「俺、見たよ。あっち」

一匹のトロンが指す方向を見る。あちらか。

「ありがとう」

「いいえ、お役に立ててよかったです。お気を付けて」

「頑張って〜！　ちょっと呪っしいたから」

既にトロンに呪われているようだ。まぁ、自業自得だね。いや、ただの調査の可能性も。時々森を調べている獣人を見かける。もし調査だったら、呪いを解くように言おうかな。可哀想だもんね。

「あっ、見つけた」

あっ、泥棒で間違いないな。スリー達はどこにいるだろう？　周りを見ると、反対側にスリー達を見つけた。二体に向かって少し魔力を流すとすぐに気付いてくれたみたい。獣人達に気付かれないように、二体の傍に行く。

「あいつらで間違いないね～」

獣人達を見る。彼らは全部で六人。四人が地面を掘っているのが分かる。おそらく若木を持っていこうとしているのだろう。森の木々には森の魔力が凝縮されている。そのため、外では影響が大きすぎる。だから外へ持ち出すことを禁止している。これは昔、森の王と各国の王が約束したことの一つだ。

「さて、反省してもらいましょう」

そう言ったスリーは、目の前から消えると獣人達が狙っている若木の上に飛び乗る。すごい、動きが速すぎて、見えなかった。

「うわ～、なんだ？　……まさかゴーレム？」

獣人達が慌てている様子を見る。

「まだまだ～、二度とここに来たくないように怖がらせないとね～」

一つ目がそう言うと、なぜか地面をポンポンと叩く。それに首を傾げると、すぐに傍の地面の一部分がなくなる。

「ん？」

「お手伝いに来たよ～」

消えた部分から顔を出したのは、子アリ達。

「ありがとう～。あそこにいる獣人を～、地中に引きずりこんでくれる～？」

「了解！　任せて」

うれしそうに、動きだす子アリ達。

「うわっ、なんだ？　ひっ！」

「た、助けて……」

仕事が早いな～。というか、私の出る幕がないんだけど……。あっ、こっちに逃げてくる。どうしよう」

「うわ～……ぎゃー！」

目の前に来たから口を大きく開いて威嚇してみたけど……失神してしまった。

「あっけないな」

スリーの言葉に視線を向けると、木から逆さづりされて失神している獣人が二人。残りの三人は、おそらく子アリに引きずられて……一番、可哀想かもしれない。

「とりあえず、解決？」

私の言葉に苦笑をするスリー。何だろう？

「他にも、若木を狙っている者がいるみたいなんだ」

えっ、まだいるの？　そうか、まだいるのか。頑張ろう。

「次ももっと怖がらせよう。いまのはあっけなかった」

「そうだね。俺もがんばろう」

まさか威嚇だけで失神するとは、思わなかったもんな。

「これはどうする？」

失神している三人を見る。地下には残りの三人。少し前まで地下から声が聞こえていたが、いまは静かだ。

「獣人の国にでも放り込んでおけばいいんじゃないかな？」

私の答えに、頷いたスリー。紐をどこからか出して、失神している三人を結びつけた。

「お待たせ～」

声に視線を向けると、紐の結び付けた残りの三人を引きずっている一つ目の姿が目に入る。

「カレンちゃん、お願いできる？」

スリーにお願いされるので、頷く。とっとと獣人国に放り込んで、混ざり者を捜さないと。三人ずつ足で持って、獣人の国に向かって飛ぶ。完全に意識がないので、運びやすいな。

「ここだね」

上空から獣人の国を見る。畑で仕事をしている者達が目に入る。仕事中だから、邪魔しちゃ悪いよね。暇そうな……いた。高い塀の前でボーとしている人達を発見。あそこに落とそう。

「うわ～、なんだ！」

「な！　あれ、フェニックス様！」

私の姿を見て、慌てている獣人達を見る。落とした六人は放置されている。まぁ、それでいいか。

「さて、戻って混ざり者の狩りだな」

それにしても、あんなに簡単に失神するなんて。思う存分に怖がらせることができなくてショックだ。次こそは失神させないように上手く調整して怖がらせよう。

あとがき

「異世界に落とされた…浄化は基本！」の四巻を手に取っていただき、ありがとうございます。ほのぼのる500です。四巻もイラスト担当はイシバシヨウスケ様。今回も素敵な絵を、ありがとうございます。

皆様のお陰で四巻まで発売することができました。これも皆様が、このシリーズを愛してくださったお陰です。本当にありがとうございます。一巻が発売された時は、まさか四巻まで発売できるとはまったく思っていませんでした。去年はコミカライズの発売、しかもコミカライズの一巻は重版まで決定！　うれしい限りです。多くの方の感想などが本当に背中を押してくれました。これからもどうぞ、よろしくお願いいたします。

四巻は、翔がこの世界に飛ばされた原因の解決編です。「神様たちの問題に巻き込まれた翔が、かっこよく解決する」を目標にしたんですが、翔には荷が重すぎるとロープがさらっと解決しちゃう方向に変更。実はロープは二巻で砕け散る予定だったのですが、予定を変えてよかった！

ロープがいなかったら、かなり無理な設定を作るところでした。ロープを残した理由が思い出せないのですが、よく残してくれたと昔の私に感謝ですね。本当に、なんで残したんだったかな？……思い出せないです！

Ｗｅｂでこっそり、「異世界に落とされた…浄化は基本！」の続編を始めてます。最初の設定から大きく変化があるため、続編を書くか迷っていましたが挑戦することにしました。これからは、仲間達と会話ができ意思の疎通が図れます。そして翔が羨望していた人や獣人たちとも関わっていくことになります。どうなるか不安ですが、翔らしく関わっていけたらいいなと思います。これからも翔の応援をよろしくお願いいたします。

TOブックスの皆様、担当者K様、いっぱい迷惑を掛けていると思います。見捨てず助けていただき、本当に感謝の気持ちでいっぱいです。皆様の手をたくさん借りて無事に四巻も発売されました。ありがとうございます。これからも、どうぞよろしくお願いいたします。

最後に、この本を手に取って読んでくださった方に心から感謝を、そして、これからもどうぞよろしくお願いいたします。コミカライズも発売中です！　私のもう一つの作品「最弱テイマーはゴミ拾いの旅を始めました」四巻が来月発売決定！　もしよろしければ、そちらもよろしくお願いいたします。

二〇二一年四月　ほのぼのる５００

コミカライズ
試し読み

「最弱テイマーはゴミ拾いの旅を始めました。@COMIC」

漫画 蕗野冬
原作 ほのぼのる500
キャラクター原案 なま

最弱のテイマーの
私がテイムできた魔物
それは突いたら
死んでしまうほどの
弱いスライム
弱小スライムだけ――
はっ
え…えっと
そうだ！
名付け…
私はアイビー
君は
ソラだ！

第1話

齢5歳にして
私の人生はどん底に落ちた
え？
スキル1
《テイマー》
###
星なし？
見間違いかな…
私の両親すごい顔してない？
ど…
これは…

マジですか。
星がないだなんて…
それじゃあ
この子の将来は…？
どういうこと…？
お前…
神の御前だぞ
落ち着け！
悪いことをしたら
星なしに
なっちゃうって
お母さんから
よく聞かされて
いたけど…
パラ
パラ
…！
ポカ
お…
オードグズには
星なしの話はあるが
存在は確認
されていません…
スッ
スキルはふたつ
もらえるん
ですよね？
もう
ひとつは⁉
パアアア

この世界
オードグズでは
5歳になると
神様にお祈りすることで
スキルを知ることができる
オードグズには
魔法がある
最初に魔法を
意識した時には
驚いた
なんせ
前にいた世界には
魔法がなかった
齢2歳
本気で家族に
心配された
私には
前世の記憶がある
ようだ
村の占い師が
言っていた
それはね…
輪廻転生というの

もし記憶を持っているなら誰にも言ってはいけないわ
記憶を持って生まれるのはめずらしいの
次にスキルの数
スキルは多い人で5個
だいたいの人が2個持っている
でもスキルを5つ持つ人は奇跡と言われるほど少ない
テイマーは動物や魔物をてなずけさせることができるスキル
更にスキルは星の数で評価される
テイマー星ひとつは小さい動物をテイムできる
街の手紙の配達などの仕事がある
星が多ければ強い魔物をテイムして冒険者として成功できる
私のひとつ目のスキルはテイマーで《星なし》
もうひとつは——

えっ…？
第2スキル
スキルなし？
私の唯一のスキルは星1より弱い
最弱の《星なし》
神様から見捨てられた存在
つまり私にテイムできる魔物も動物もいない
私にできる仕事はおそらくないだろう
む…

なぜならスキルで
人生のすべてが
決まるのが
このオードグズだからだ
無理ゲー
意味は不明だが
無意識に前の私が
声を出したようだ
さて
これから
どうなるのかな
私
パタン
トッ
トッ
クスクス
しゅる

アハハハ
クスクス
きゃ
るるる
もーっ
ワハハー

あの衝撃の日から数日

朝
誰も起こしに来なくなった
家に帰ってきてから家族の温度は一変した
目線が合わないし私のものだけ食事も用意されなくなった
やっぱりな
…っ
ガタン
その目はなんだ
つらいのは俺たちのほうだ！
パリン
もう村中に知れ渡ってる
母さん泣いてたぞ
兄姉から嫌味を言われる
私のせい？
もうなにもわからない
ザザザ

とりあえず
5歳の私に
できること
〝体力づくり〟
森の中を
走って移動
体力をつけるなら
走れと
頭に浮かんだ
前の世界の私が
頭の中で叫んでる
プチッ
木の実を
探せ
この村を
出ろ
すっぱあああ!
!!
早く準備を
整えなくては
あっ…

理解ができないものを排除するのはどこも同じだ
ザァアアアッ
覚悟を決めろ
神さま
私はあなた様に何かしましたか?

おや?
──あ……れ……?
パチ

良かった…
気がついたのね
こんにちは

ゴシ
はい…
こんにちは…
この人は
よく村でみんなの
相談を聞いてくれている
占い師
どうして
私を…？
ゴシ
星がひとつなので
ほんの少ししか
見ることは
できませんが
——この人が
悪いわけじゃない
……そっか
私の占いは
先読みなんです
前に会ったとき
あなたが何かによって
今の状態に
なっているのが
見えました
ただ原因を
見ることは
叶いません
でしたが
贈り物です

劣化版のマジックバッグです
中にいろいろと詰め込んでおきました
これからきっと役立つであろうものを
ひとりで生きていくには劣化版でも必要だと思います
ありがとう…ございます

占い師さんは
あれからも何度か
会いにきてくれた
話し相手に
なってくれたり
劣化版の
ポーションを
くれたり
食料をわけて
くれたりもした
ビクッ!!

パリィィン
あれから
1年が過ぎた頃
ザァ
自分の部屋に
入れなくなった
ザァ
イタイ
イヤ
ドガッ
ガッ
ガッ
ザァ
ア
ア
ア
きゅっ

森に隠れて
住むようになると
おかしなことに
ホッとした

シュウウウ
誰にも
会いたくない…
この前お腹を
壊した草は…
毒だったんだ
この木の実には
毒はない
…食べられる
!
ポーションの
ことも
書いてある…

ポーションは
色によって
効果が異なる
ようだ
パラ
先ほど飲んだ
青は傷の薬に
赤は病気
緑は痛み
パララッ
それから
いろいろ
学んだ
隠れる技術
薬草で
治療薬制作
劣化版
ポーションより
傷を治す力は
弱いけど
罠の張り方
獲物の解体
解体中は
なぜだか
前の私が
騒がしかった

はぐっ
パチッ
パチパチ
あ…
薬草を探してたらこんなに村の近くまで…
あれから早3年
パタン
私…結構走れるようになったんだなあ…
ザッ

森での生活は
順調
占い師…
元気かな
もう
ひと月くらい
会えてない…
でねぇ
!

あの家
例の占い師の
住処よね…
死んだと
思われてた
のかな
…死んで
たまるか
ヒソ
ヒソ…
ヒソ
ヒソ…
ヒソ…
コツ…
ヒソ
ヒソ
ダッ
ヒソ…
ヒソ…
ヒソ
あっ…
タタッ
あの人も
星なしになんかに
関わったから
ヒソ…
ヒソッ
放って
おきなさいよ
私のせいで…

占い師が死んだ――?
たしか風邪をこじらせたんでしょ
唯一の治療用ポーションは村長しか持っていない
それで村長はポーションでの治療を拒否

旅の準備品を回収しよう
チャ
ポン
ザザ
ザァァ
劣化版のマジックバッグ全部で5つ
占い師と一緒に集めたり隠したりしたものをひとつも置いて行きたくない
あとは
壊れた小さい剣を回収したら村を出る

それからは
5日に1回の頻度で村に潜むようになった
情報を得なければ
旅のための干し肉もあちらこちらから…
何か問題でも？
!
いつもはこの集会所は人気がないのに…
見つけました
森のある場所で潜んでいるようです
そうか
父さん…
もうひとりはわからない…

タブロよ
あれは
この村を
不幸にする
わかって
いるな
もちろんです

星なしなど
この世に
存在していい
はずがありません

あの子も
神様のもとに
行けるのですから
幸せでしょう
もうひとりの
男は
村長だった

ザリッ
ザザァァァッ
――ふざけるな！
死んだら幸せ？
私は生きたい
神様のところにいってたまるか！

大きな穴でしょう？
大事なものを隠すのにどうかしら？
ザッ
ザザッ
この場所も占い師が教えてくれた場所──

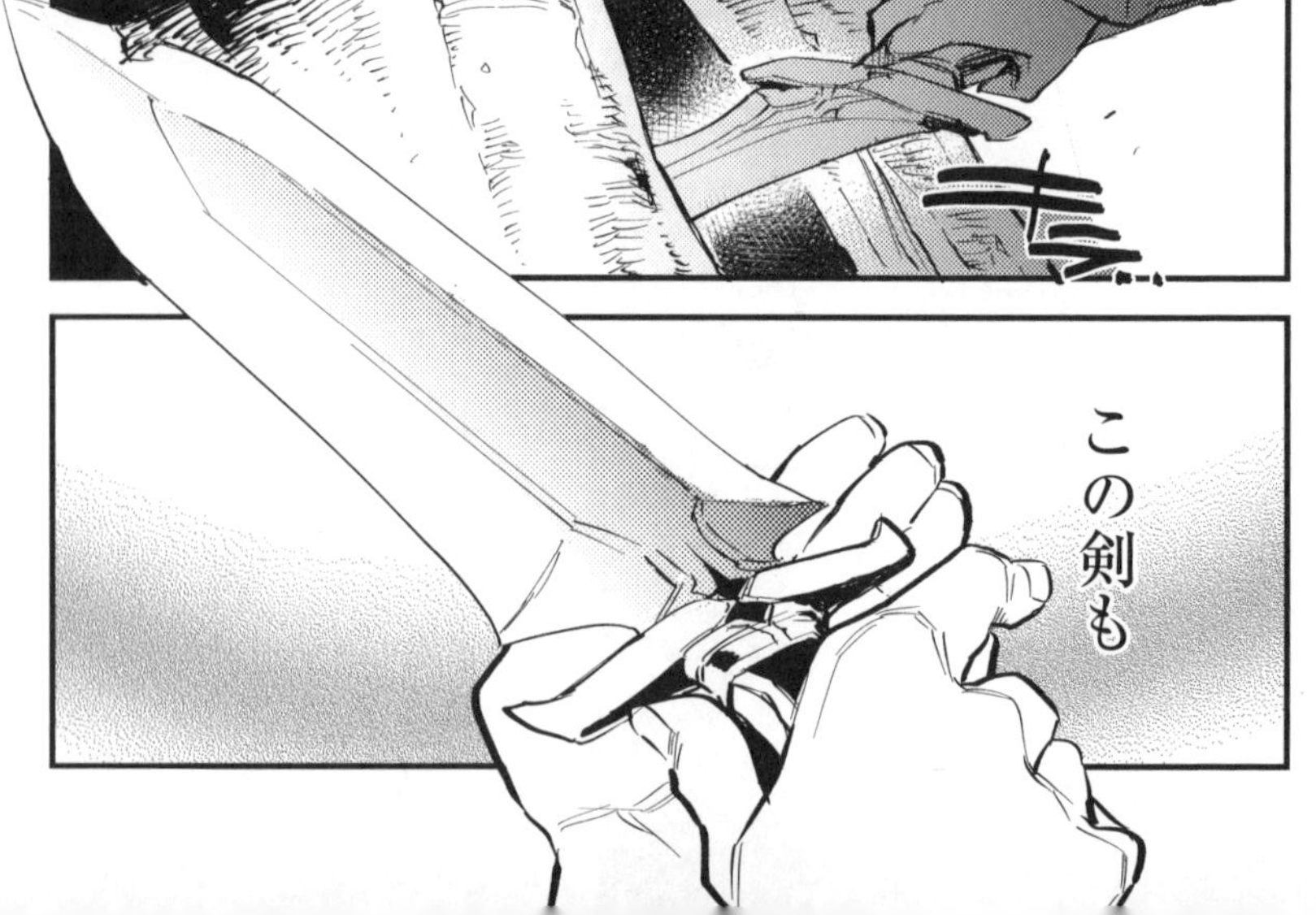
この剣も

ぎゅっ…!
私の体格でも扱えるようにと
選んでくれた…
ありがとうと
もう一度
言いたかった
見つかった―…

数カ所あった
寝床のうち
一番
村に近い場所…
この村には
もう二度と
戻らない
次に住処を
みつけるときには
気をつけよう――
ヒュオオオオォ…

最弱テイマーはゴミ拾いの旅を始めました。
@COMIC
ぷっぷぷ～！
気弱な魔物使いとレアスライムの
ほのぼのサバイバルファンタジー！
漫画✿蕗野 冬
原作✿ほのぼのる500
キャラクター原案✿なま
COMIC コロナ CORONA TOcomics
にて好評連載中！

女神様の本……一体どんなのだろう？読んでみたいな。
「祠巡り」
貴族院に浮かぶ「巨大な魔法陣」
ィナンドを
か…？
真のツェントになるのはわたくしですもの！
迫る「次期ツェント候補」

「地下書庫」での作業
「英知の女神
メスティオノーラの書」とは？
本好きの
下剋上
司書になるためには
手段を選んでいられません
第五部 女神の化身V
香月美夜
miya kazuki
イラスト：椎名 優
you shiina
2021年
4月10日
発売!!
フェルデ
救える
冷静になれ…

異世界に落とされた…浄化は基本！4

2021年4月1日　第1刷発行

著　者　ほのぼのる500

発行者　本田武市

発行所　TOブックス
〒150-0002
東京都渋谷区渋谷三丁目1番1号　PMO渋谷Ⅱ　11階
TEL 0120-933-772（営業フリーダイヤル）
FAX 050-3156-0508

印刷・製本　中央精版印刷株式会社

ISBN978-4-86699-166-5